瑞蘭國際

U0141480

瑞蘭國際

旅遊法語
一本搞定！

Mandy HSIEH
Christophe LEMIEUX-BOUDON
合著

原書名：《法國導遊教你的旅遊萬用句》

作者序

《旅遊法語一本搞定！》，豐富你的法國經驗！

　　法國：美酒，美食，精品，流行，藝術，人文，浪漫，建築……的同義詞。單單以文化層面，就足夠吸引人了，再加上的得天獨厚的地理位置，多樣的天然景觀，真是讓人說不出不去法國一趟的理由！

　　踏上法國這塊富饒的土壤，體驗當地的生活，如果無法用法語溝通，那麼這趟旅行感覺上就帶著那麼一點遺憾。相反地，若是能夠說上幾句美麗悅耳的法語與當地人溝通，這些小時光卻能讓法國之旅變得非常不一樣，意外地深刻！

　　於是有了這本書的誕生。

　　這本書的前身是《法國導遊教你的旅遊萬用句》，出版當時，考慮出國旅行的輕便，以簡約小巧型態呈現，同時也顧及了法語的生活實用性，但由於開本較小，字級也偏小，在學習、閱讀上有其不便，於是逢此增修之際，調整開本，便是您手中這本《旅遊法語一本搞定！》。

本書內容分為四大部分：第一部分「萬用字彙＋句型」，以簡單的句子配合旅遊中使用頻率高的單字套入代換，適時適當地表達需求。第二部分「萬用句」，以旅途中常見的情境為主，使用簡單的法語句型，達到與法國人溝通的目的。第三部分「旅遊指南」，簡易介紹法國的地理和人文風情，有效迅速地規劃旅程。附錄部分「法語發音的學習重點」，以簡單的發音訣竅，輕鬆看懂書中的音標，説出每字每句。

　　期盼所有讀者，能運用這本書，快快樂樂地出發，輕輕鬆鬆地説法語，絕對能讓法國之旅增色許多！

如何使用本書

STEP 1 在法國旅遊時，您可以這樣使用萬用字與萬用句

旅遊萬用字

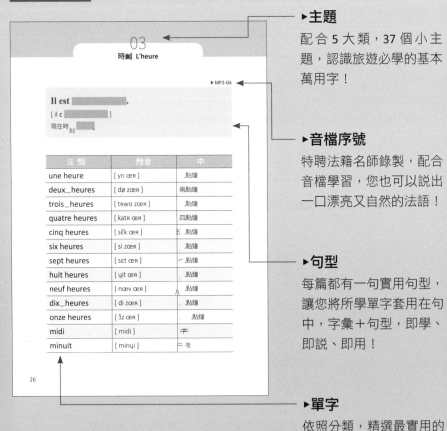

▶ **主題**
配合 5 大類，37 個小主題，認識旅遊必學的基本萬用字！

▶ **音檔序號**
特聘法籍名師錄製，配合音檔學習，您也可以說出一口漂亮又自然的法語！

▶ **句型**
每篇都有一句實用句型，讓您將所學單字套用在句中，字彙＋句型，即學、即說、即用！

▶ **單字**
依照分類，精選最實用的相關單字！

03
時刻 L'heure

▶ MP3-06

Il est [_____].
[il ε [_____]]
現在時刻 [_____]

法語	發音	中
une heure	[yn œʀ]	一點鐘
deux_heures	[dø zœʀ]	兩點鐘
trois_heures	[tʀwɑ zœʀ]	三點鐘
quatre heures	[katʀ œʀ]	四點鐘
cinq heures	[sɛ̃k œʀ]	五 點鐘
six heures	[si zœʀ]	六點鐘
sept heures	[sɛt œʀ]	七點鐘
huit heures	[ɥit œʀ]	八點鐘
neuf heures	[nœv œʀ]	九點鐘
dix_heures	[di zœʀ]	十點鐘
onze heures	[ɔ̃z œʀ]	十一點鐘
midi	[midi]	中午
minuit	[minɥi]	午夜

26

旅遊萬用句

▶場景
▶場景
搭配 7 大類，34 個小場景，迅速學會各種地點、狀況、場合的旅遊萬用句。

▶羅馬拼音
全書法語皆附上音標，只要跟著念念看，您也可以變成法語達人。

03
詢問搭車資訊 Demander les informations

▶ MP3-40

Bonjour, je voudrais aller à la Gare de Lyon, comment je peux y aller?
[bɔ̃ʒuʀ, ʒə vudʀe ale a la gaʀ də ljɔ̃, kɔmɑ̃ ʒə pø j ale]
你 我 想到里昂車站 請問 要 怎

Vous pouvez prendre le train pour aller au centre, il y a aussi des navettes qui y vont.
[vu puve pʀɑ̃dʀ lə tʀɛ̃ puʀ ale o sɑ̃tʀ, i lja osi de navɛt ki i vɔ̃]
您可 搭 車到市中 或是您也可 搭接駁車到市中

C'est direct?
[sɛ diʀɛkt]
是直 的嗎

Le train s'arrête à toutes les stations, mais la navette est directe.
[lə tʀɛ̃ saʀet a tut le statjɔ̃, mɛ la navɛt ɛ diʀɛkt]
車 站都停 但是接駁車是直 的

D'accord. Combien ça coûte?
[dakɔʀ. kɔ̃bjɛ̃ sa kut]
好 的 票價

84

5

STEP 2 在前往法國之前，您可以先這樣認識法國

旅遊指南

　　精選在法國旅遊時所需要的各種實用資訊，並分為「法國地理位置」、「法國生活」、「實用資訊」及「法國節慶」等 4 篇，帶您了解旅遊法國時必須知曉的當地交通概況，還有當地生活民情以及重要節日，都由導遊為您詳細解說，帶您體會法國文化的優雅。最後附上駐法國台北代表處及如何撥打臺灣電話等資訊，讓您一個人在法國享受浪漫之旅也不是難事喔！

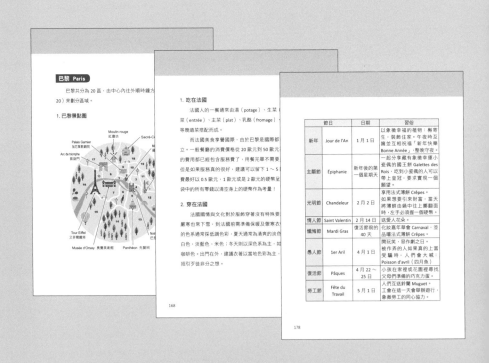

法語發音重點

　　附錄中，導遊將傳授您如何發出最標準、實用的法語。先從認識「法語基本概念」開始，接著了解「法語發音」、「法語的變音符號」到「法語的連音」，讓您在遇到不懂的法語發音時，也能立刻完全掌握！

如何掃描 QR Code 下載音檔

1. 以手機內建的相機或是掃描 QR Code 的 App 掃描封面的 QR Code。
2. 點選「雲端硬碟」的連結之後，進入音檔清單畫面，接著點選畫面右上角的「三個點」。
3. 點選「新增至「已加星號」專區」一欄，星星即會變成黃色或黑色，代表加入成功。
4. 開啟電腦，打開您的「雲端硬碟」網頁，點選左側欄位的「已加星號」。
5. 選擇該音檔資料夾，點滑鼠右鍵，選擇「下載」，即可將音檔存入電腦。

目次

Part1
旅遊萬用字彙
＋
句型

PART I

Chapitre1

彬彬有禮
La politesse

問候語 Saluer

▶ MP3-01

法語	發音	中文
Monsieur	[məsjø]	先生
Madame	[madam]	女士
Mademoiselle	[madmwazɛl]	小姐
Bonjour	[bɔ̃ʒuʀ]	早安 （白天用的您好）
Bonsoir	[bɔ̃swaʀ]	晚安 （晚上用的您好）
Comment_allez-vous?	[kɔmɑ̃ tale-vu]	您 / 您們 / 你們好嗎？
Vous_allez bien?	[vu zale bjɛ̃]	您 / 您們 / 你們好嗎？
Bonne journée	[bɔn ʒuʀne]	祝您有美好的一天
Bonne soirée	[bɔn swaʀe]	祝您有美好的夜晚
Bonne nuit	[bɔn nɥi]	晚安（就寢用）
Excusez-moi	[ɛkskyze-mwa]	不好意思
S'il vous plaît	[sil vu plɛ]	麻煩您
Allez-y	[ale zi]	您先請

02

感謝語 Remercier

▶ MP3-02

法語	發音	中文
Je vous‿en prie.	[ʒə vu zɑ̃ pʀi]	不客氣 （客套說法）
De rien	[də ʀjɛ̃]	沒什麼；不用客氣 （普通說法）
Merci	[mɛʀsi]	謝謝
Merci beaucoup	[mɛʀsi boku]	真感謝

Chapitre 1

稱讚語 Faire des compliments

法語	發音	中文
C'est bon	[sɛ bɔ̃]	好吃
C'est sympa	[sɛ sɛ̃pa]	真熱心；真不錯
C'est gentil	[sɛ ʒɑ̃ti]	真好心
C'est beau	[sɛ bo]	真美
C'est joli	[sɛ ʒɔli]	真漂亮
Magnifique	[maɲifik]	美極了
Excellent	[ɛksɛlɑ̃]	棒極了
Bravo	[bʀavo]	棒極了
Parfait	[paʀfɛ]	完美
Bien	[bjɛ̃]	很好
Très bien	[tʀɛ bjɛ̃]	非常好

PART I

Chapitre2

數字萬花筒
Les chiffres et les nombres

01

數字 Les nombres

▶ MP3-04

Ça coûte [blank] **euros.**

[sa kut [blank] øʀo]

這值 [blank] 歐元。

法語	發音	中文
zéro	[zeʀo]	0
un	[ɛ̃]	1
deux	[dø]	2
trois	[tʀwa]	3
quatre	[katʀ]	4
cinq	[sɛ̃k]	5
six	[sis]	6
sept	[sɛt]	7
huit	[ɥit]	8
neuf	[nœf]	9
dix	[dis]	10
onze	[ɔ̃z]	11
douze	[duz]	12

法語	發音	中文
treize	[tʀɛz]	13
quatorze	[katɔʀz]	14
quinze	[kɛ̃z]	15
seize	[sɛz]	16
dix-sept	[di-sɛt]	17
dix-huit	[di-zɥit]	18
dix-neuf	[diz-nœf]	19
vingt	[vɛ̃]	20
vingt-et-un	[vɛ̃-tɛ-ɛ̃]	21
vingt-deux	[vɛ̃n-dø]	22
vingt-trois	[vɛ̃n-tʀwa]	23
vingt-huit	[vɛ̃-tɥit]	28
trente	[tʀɑ̃t]	30
trente-et-un	[tʀɑ̃t-ɛ-ɛ̃]	31
quarante	[kaʀɑ̃t]	40
quarante-et-un	[kaʀɑ̃t-ɛ-ɛ̃]	41
cinquante	[sɛ̃kɑ̃t]	50
cinquante-et-un	[sɛ̃kɑ̃t-ɛ-ɛ̃]	51

法語	發音	中文
soixante	[swasɑ̃t]	60
soixante-et-un	[swasɑ̃t-ɛ-ɛ̃]	61
soixante-dix	[swasɑ̃t dis]	70
soixante-et-onze	[swasɑ̃t-ɛ-ɔ̃z]	71
quatre-vingts	[katʀə-vɛ̃]	80
quatre-vingt-un	[katʀə-vɛ̃-ɛ̃]	81
quatre-vingt-dix	[katʀə-vɛ̃-dis]	90
quatre-vingt-onze	[katʀə-vɛ̃-ɔ̃z]	91
cent	[sɑ̃]	100
cent deux	[sɑ̃ dø]	102
deux cents cinq	[dø sɑ̃ sɛ̃k]	205
mille	[mil]	1000
mille deux cents dix	[mil dø sɑ̃ dis]	1210

02

序數 Les nombres ordinaux

▶ MP3-05

第……（序數）＝ 數字＋ ième（第一除外）

Votre chambre est‿au ▮▮▮▮▮▮▮ étage.

[vɔtʀ ʃɑ̃bʀ ɛ to ▮▮▮▮▮▮ etaʒ]

您的房間在 ▮▮▮▮ 樓。

法語	發音	中文
premier	[pʀəmje]	第一
deuxième	[døzjɛm]	第二
troisième	[tʀwazjɛm]	第三
quatrième	[katʀijɛm]	第四
cinquième	[sɛ̃kjɛm]	第五
sixième	[sizjɛm]	第六
septième	[sɛtjɛm]	第七
huitième	[ɥitjɛm]	第八
neuvième	[nœvjɛm]	第九
dixième	[dizjɛm]	第十

03

時刻 L'heure

▶ MP3-06

Il est ▓▓▓▓▓▓▓▓▓▓ **.**

[il ɛ ▓▓▓▓▓▓▓]

現在時刻 ▓▓ 。

法語	發音	中文
une heure	[yn œʀ]	一點鐘
deux‿heures	[dø zœʀ]	兩點鐘
trois‿heures	[tʀwɑ zœʀ]	三點鐘
quatre heures	[katʀ œʀ]	四點鐘
cinq heures	[sɛ̃k œʀ]	五點鐘
six heures	[si zœʀ]	六點鐘
sept heures	[sɛt œʀ]	七點鐘
huit heures	[ɥit œʀ]	八點鐘
neuf heures	[nœv œʀ]	九點鐘
dix‿heures	[di zœʀ]	十點鐘
onze heures	[ɔ̃z œʀ]	十一點鐘
midi	[midi]	中午
minuit	[minɥi]	午夜

法語	發音	中文
et quart	[e kaʀ]	加一刻鐘 （多十五分鐘）
et demi	[e dəmi]	加半小時 （多三十分鐘）
moins le quart	[mwɛ̃ lə kaʀ]	少一刻鐘 （少十五分鐘）
matin	[matɛ̃]	早上
après-midi	[apʀɛ-midi]	下午
soir	[swaʀ]	晚上
nuit	[nɥi]	夜晚

▶ MP3-07

Nous sommes [   ] **.**

[nu sɔm [   ]]

我們今天 [   ] 月 [   ] 日。

法語	發音	中文
le premier janvier	[lə pʀəmje ʒɑ̃vje]	一月一日
le quatorze juillet	[lə katɔʀz ʒɥijɛ]	七月十四日（法國國慶）
le vingt-cinq décembre	[lə vɛ̃t-sɛ̃k desɑ̃bʀ]	十二月二十五日（聖誕節）

* le 數字＋月份＝某月某日（一日除外）

05

月份 Les mois

▶ MP3-08

法語	發音	中文
janvier	[ʒɑ̃vje]	一月
février	[fevʀije]	二月
mars	[maʀs]	三月
avril	[avʀil]	四月
mai	[mɛ]	五月
juin	[ʒɥɛ̃]	六月
juillet	[ʒɥijɛ]	七月
août	[ut]	八月
septembre	[sɛptɑ̃bʀ]	九月
octobre	[ɔktɔbʀ]	十月
novembre	[nɔvɑ̃bʀ]	十一月
décembre	[desɑ̃bʀ]	十二月

▶ MP3-09

On‿est _____.

[ɔ̃ nɛ _____]

今天是星期 ___ 。

法語	發音	中文
lundi	[lœ̃di]	星期一
mardi	[maʀdi]	星期二
mercredi	[mɛʀkʀədi]	星期三
jeudi	[ʒødi]	星期四
vendredi	[vãdʀədi]	星期五
samedi	[samdi]	星期六
dimanche	[dimãʃ]	星期日

07

期間 Période et durée

▶ MP3-10

Je vais rester dix ███████.

[ʒə vɛ ʀɛste di ███████]

我要停留十 ███ 。

法語	發音	中文
jours	[ʒuʀ]	天
semaine	[səmɛn]	星期
mois	[mwɑ]	月
ans	*[ɑ̃]	年

* 補充：當 dix 後面緊接著母音開頭的字，則必須連音，所以 dix‿ans
　會念成 [di zɑ̃]

PART I

Chapitre 3
美食大觀園
L'alimentation

單位量詞 Unités

▶ MP3-11

Je voudrais deux ████████ de fraises.

[ʒə vudʀɛ dø ████████ də fʀɛz]

我想要兩 ███ 的草莓。

法語	發音	中文
grammes	[gʀam]	公克
kilos	[kilo]	公斤
verres	[vɛʀ]	杯
paquets	[pakɛ]	包
sacs	[sak]	袋
morceaux	[mɔʀso]	塊
un peu	[ɛ̃ pø]	一點（用 un peu 時不需說數字）
bouteilles	[butɛj]	瓶
tranches	[tʀɑ̃ʃ]	片
boîtes	[bwat]	盒
parts	[paʀ]	份（切開後的一份）

麵包 Pain

▶ MP3-12

**Je voudrais [   ] et [   ],
s'il vous plaît.**

[ʒə vudʀɛ [   ] e [   ], sil vu plɛ]

我想要 [   ] 和 [   ]，麻煩您。

法語	發音	中文
un croissant	[ɛ̃ kʀwasɑ̃]	一個牛角麵包
un pain de campagne	[ɛ̃ pɛ̃ də kɑ̃paɲ]	一個鄉村麵包
un pain au chocolat	[ɛ̃ pɛ̃ o ʃɔkɔla]	一個巧克力麵包
un pain aux raisins	[ɛ̃ pɛ̃ o ʀɛzɛ̃]	一個葡萄麵包
un pain de mie	[ɛ̃ pɛ̃ də mi]	一個土司麵包
un croissant aux‿amandes	[ɛ̃ kʀwasɑ̃ o zamɑ̃d]	一個杏仁牛角麵包
un chausson aux pommes	[ɛ̃ ʃosɔ̃ o pɔm]	一個蘋果餡泥麵包
une baguette	[yn bagɛt]	一個長棍麵包

法語	發音	中文
une brioche	[yn bʀijɔʃ]	一個布里歐奶油麵包
des chouquettes	[de ʃukɛt]	些糖粒小泡芙

甜點 Desserts

▶ MP3-13

████████████, ça coûte combien?

[███████████, sa kut kõbjɛ̃]

███ 要多少錢？

法語	發音	中文
Un mont-blanc	[ɛ̃ mõ blɑ̃]	一個蒙布朗栗子泥
Un‿éclair au café	[ɛ̃ neklɛʀ o kafe]	一個咖啡口味閃電泡芙
Un fondant au chocolat	[ɛ̃ fõdɑ̃ o ʃɔkɔla]	一個熔岩巧克力
Un mille-feuille à la vanille	[ɛ̃ milfœj a la vanij]	一個香草千層派
Un macaron	[ɛ̃ makaʀõ]	一個馬卡龍
Une gauffre au chocolat	[yn gofʀ o ʃɔkɔla]	一個巧克力鬆餅
Un sorbet	[ɛ̃ sɔʀbɛ]	一個無奶油冰淇淋
Une tarte aux pommes	[yn taʀt o pɔm]	一個蘋果派
Une tarte aux framboises	[yn taʀt o fʀɑ̃bwaz]	一個覆盆子塔

法語	發音	中文
Une tarte aux fraises	[yn taʀt o fʀɛz]	一個草莓塔
Une tarte aux myrtilles	[yn taʀt o miʀtij]	一個藍莓塔
Une crème brûlée	[yn kʀɛm bʀyle]	一個焦糖布蕾
Une mousse au chocolat	[yn mus o ʃɔkɔla]	一個巧克力慕斯
Une charlotte aux fraises	[yn ʃaʀlɔt o fʀɛz]	一個草莓夏洛特蛋糕
Une crêpe au chocolat	[yn kʀɛp o ʃɔkɔla]	一個巧克力可麗餅
Une glace	[yn glas]	一個奶油冰淇淋

04

飲料 Boissons

▶ MP3-14

Je vais prendre ▓▓▓▓▓▓▓, s'il vous plaît.

[ʒə ve pʁɑ̃dʁ ▓▓▓▓▓▓, sil vu plɛ]

我要點 ▓▓▓，麻煩您。

法語	發音	中文
un café	[ɛ̃ kafe]	一杯咖啡
un café crème	[ɛ̃ kafe kʁɛm]	一杯牛奶咖啡
un chocolat chaud	[ɛ̃ ʃɔkɔla ʃo]	一杯熱巧克力
un thé	[ɛ̃ te]	一杯茶
un coca	[ɛ̃ kɔka]	一杯可口可樂
un jus de fruit	[ɛ̃ ʒy də fʁɥi]	一杯果汁
un vin blanc	[ɛ̃ vɛ̃ blɑ̃]	一杯白酒
un vin rouge	[ɛ̃ vɛ̃ ʁuʒ]	一杯紅酒
un vin rosé	[ɛ̃ vɛ̃ ʁoze]	一杯玫瑰酒
du champagne	[dy ʃɑ̃paɲ]	一些香檳
une carafe d'eau	[yn kʁaf do]	一壺自來水
une eau minérale	[yn o mineʁal]	一瓶礦泉水

法語	發音	中文
une eau plate	[yn o plat]	一瓶無氣泡水
une eau gazeuse	[yn o gɑzøz]	一瓶氣泡水
une limonade	[yn limɔnad]	一杯檸檬汽水
une bière	[yn bjɛʀ]	一杯啤酒

調味料 Condiments

▶ MP3-15

Pourriez-vous me passer　　　　　　，
s'il vous plaît.

[puʀje- vu mə pɑse 　　　　　　, sil vu plɛ]

請遞給我　　　，麻煩您。

法語	發音	中文
le poivre	[lə pwavʀ]	胡椒
le sel	[lə sɛl]	鹽巴
le sucre	[lə sykʀ]	糖
le vinaigre	[lə vinɛgʀ]	醋
le beurre	[lə bœʀ]	奶油
le miel	[lə mjɛl]	蜂蜜
la moutarde	[la mutaʀd]	芥末醬
l'huile d'olive	[lɥil dɔliv]	橄欖油
la sauce	[la sos]	醬汁
la crème	[la kʀɛm]	鮮奶油
la confiture	[la kɔ̃fityʀ]	果醬
la fleur de sel	[la flœʀ də sɛl]	粗鹽；鹽花

常見主菜 Plats

▶ MP3-16

███████████ **pour moi, s'il vous plaît.**

[████████ puʀ mwa, sil vu plɛ]

我點 ████ ，麻煩您。

法語	發音	中文
Une assiette de spaghetti à la bolognaise	[yn asjɛt də spagɛti a la bɔlɔɲɛz]	一份波隆納肉醬義大利麵
Un pavé de saumon grillé	[ɛ̃ pave də somɔ̃ gʀije]	一份烤鮭魚排
Un magret de canard	[ɛ̃ magʀɛ də kanaʀ]	一份煎鴨胸
Un confit de canard	[ɛ̃ kɔ̃fi də kanaʀ]	一份油封鴨腿
Un steak frites	[ɛ̃ stɛk fʀit]	一份牛排＋薯條
Un bœuf bourguignon	[ɛ̃ bœf buʀgiɲɔ̃]	一份勃艮第紅酒燉牛肉
Un poulet rôti	[ɛ̃ pulɛ ʀoti]	一份烤雞
Un croque-monsieur	[ɛ̃ kʀɔk-məsjø]	一份火腿三明治

法語	發音	中文
Un croque-madame	[ɛ̃ kʀɔk-madam]	一份火腿加蛋三明治
Des moules-frites	[de mulɛs-fʀit]	一份淡菜＋薯條
Une ratatouille	[yn ʀatatuj]	一份尼斯雜菜燴
Une blanquette de veau	[yn blɑ̃kɛt də vo]	一份白醬燉小牛肉
Une bouillabaisse	[yn bujabɛs]	一份馬賽魚湯
Une choucroute	[yn ʃukʀut]	一份酸菜醃肉肉腸鍋
Une quiche lorraine	[yn kiʃ lɔʀɛn]	一份洛林鹹派
Une galette de sarrasin	[yn galɛt də saʀazɛ̃]	一份黑麥鹹薄餅
Une omelette	[yn ɔmlɛt]	一份煎蛋

肉類 Viandes

▶ MP3-17

Je voudrais cinq cents grammes de ▮▮▮▮▮▮, s'il vous plaît.

[ʒə vudʀɛ sɛ̃k sɑ̃ gʀam də ▮▮▮▮▮▮▮, sil vu plɛ]

找想要五百克的 ▮▮▮ ，麻煩您。

法語	發音	中文
poulet	[pulɛ]	雞肉
bœuf	[bœf]	牛肉
porc	[pɔʀ]	豬肉
canard	[kanaʀ]	鴨（肉）
lapin	[lapɛ̃]	兔（肉）
mouton	[mutɔ̃]	綿羊（肉）
agneau	[aɲo]	小羊肉
veau	[vo]	小牛肉
saucisson	[sosisɔ̃]	醃臘腸
jambon	[ʒɑ̃bɔ̃]	火腿
dinde	[dɛ̃d]	火雞（肉）
saucisse	[sosis]	肉腸

魚類 Poissons

▶ MP3-18

J'aime bien ▭.

[ʒɛm bjɛ̃ ▭]

我很喜歡 ▭。

法語	發音	中文
le thon	[lə tɔ̃]	鮪魚
le saumon	[lə somɔ̃]	鮭魚
le cabillaud	[lə kabijo]	鱈魚
le bar	[lə baʀ]	鱸魚
le hareng	[lə aʀɑ̃]	鯡魚
la dorade	[la dɔʀad]	鯛魚
la sole	[la sɔl]	比目魚
les sardines	[le saʀdin]	沙丁魚
la truite	[la tʀɥit]	鱒魚
la morue	[la mɔʀy]	鱈魚

海鮮 Fruits de mer

▶ MP3-19

J'adore ▮▮▮▮▮▮▮▮▮▮ .

[ʒadɔʀ ▮▮▮▮▮▮▮]

我超愛 ▮▮ 。

法語	發音	中文
le crabe	[lə kʀab]	螃蟹
le homard	[lə ɔmaʀ]	龍蝦
le calamar	[lə kalamaʀ]	烏賊
les crevettes	[le kʀəvɛt]	蝦子
les‿huîtres	[le zɥitʀ]	生蠔
les moules	[le mul]	淡菜

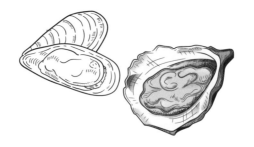

10

乳酪 Fromages

▶ MP3-20

██████████ est mon fromage préféré.

[████ ɛ mɔ̃ fʀɔmaʒ pʀefeʀe]

████ 是我最愛的乳酪。

法語	發音	中文
Le Beaufort	[lə bofɔʀ]	波佛爾乳酪
Le Camembert	[lə kamɑ̃beʀ]	卡蒙貝爾乳酪
Le Cantal	[lə kɑ̃tal]	康達乳酪
Le Comté	[lə kɔ̃te]	孔特乳酪
Le Reblochon	[lə ʀəblɔʃɔ̃]	瑞布羅申乳酪
Le Roquefort	[lə ʀɔkfɔʀ]	洛克福藍霉乳酪
L'Emmental	[lemɑ̃tal]	艾芒達乳酪
Le Brie	[lə bʀi]	布里乳酪

蔬菜 Légumes

▶ MP3-21

Je vais acheter un kilo de ▮▮▮▮▮▮▮.

[ʒə ve aʃte ɛ̃ kilo də ▮▮▮▮▮]

我要買一公斤的 ▮▮▮ 。

法語	發音	中文
radis	[ʀadi]	櫻桃蘿蔔
fenouil	[fənuj]	茴香
brocoli	[bʀɔkɔli]	青花菜
chou-fleur	[ʃu-flœʀ]	花椰菜
poivron vert	[pwavʀɔ̃ vɛʀ]	青椒
chou	[ʃu]	甘藍菜
piment	[pimɑ̃]	辣椒
concombre	[kɔ̃kɔ̃bʀ]	黃瓜
salade	[salad]	生菜沙拉
pomme de terre	[pɔm də tɛʀ]	馬鈴薯
tomate	[tɔmat]	番茄
carotte	[kaʀɔt]	胡蘿蔔
courgette	[kuʀʒɛt]	櫛瓜

法語	發音	中文
rhubarbe	[ʀybaʀb]	大黃 （一般為桃紅色莖梗）
citrouille	[sitʀuj]	南瓜
aubergine	[obɛʀʒin]	茄子

12

水果 Fruits

▶ MP3-22

Je voudrais du jus de   .

[ʒə vudʀɛ dy ʒy də   ]

我想要   果汁。

法語	發音	中文
citron	[sitʀɔ̃]	萊姆；檸檬
kiwi	[kiwi]	奇異果
raisin	[ʀɛzɛ̃]	葡萄
pamplemousse	[pɑ̃pləmus]	葡萄柚
melon	[məlɔ̃]	哈密瓜
abricot	*[abʀiko]	杏桃
ananas	*[ananas]	鳳梨
orange	*[ɔʀɑ̃ʒ]	柳橙
framboise	[fʀɑ̃bwaz]	覆盆子
pomme	[pɔm]	蘋果
poire	[pwaʀ]	梨子
cerise	[səʀiz]	櫻桃
pastèque	[pastɛk]	西瓜

法語	發音	中文
pêche	[pɛʃ]	桃子
myrtille	[miʀtij]	藍莓
fraise	[fʀɛz]	草莓

* 補充：de 若緊接母音開頭的字，必須縮寫成 d'，唸 [d]，所以
　　d'abricot 唸 [dabʀiko]，d'ananas 唸 [danana]，d'orange 唸
　　[dɔʀɑ̃ʒ]。

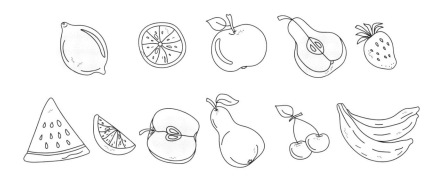

▶ MP3-23

C'est ▮▮▮▮▮▮▮.

[sɛ ▮▮▮▮▮]

很 ▮▮ 。

法語	發音	中文
sucré	[sykʀe]	甜的
salé	[sale]	鹹的
amer	[amɛʀ]	苦的
acide	[asid]	酸的
piquant	[pikɑ̃]	辣的
épicé	[epise]	口味重的

14

餐具 Couverts

▶ MP3-24

Pourriez-vous me donner ▨▨▨▨▨▨,
s'il vous plaît.

[puʀje-vu mə dɔne ▨▨▨▨▨, sil vu plɛ]

您可以給我 ▨▨▨ ，麻煩您。

法語	發音	中文
un couteau	[ɛ̃ kuto]	一把刀子
un verre	[ɛ̃ vɛʀ]	一個玻璃杯
un bol	[ɛ̃ bɔl]	一個碗
un couvercle	[ɛ̃ kuvɛʀkl]	一個鍋蓋
une assiette	[yn asjɛt]	一個盤子
une serviette	[yn sɛʀvjɛt]	一張餐巾
une cuillère	[yn kɥijɛʀ]	一個湯匙
une fourchette	[yn fuʀʃɛt]	一個叉子
une tasse	[yn tɑs]	一個咖啡杯

PART I

Chapitre4
蹓躂逛景點
Les incontournables

法國觀光大城 Grandes villes touristiques en France

▶ MP3-25

Deux billets pour ▢▢▢▢▢ , s'il vous plaît.

[dø bijɛ puʀ ▢▢▢▢▢ , sil vu plɛ]

兩張到 ▢▢▢▢ 的票，麻煩您。

法語	發音	中文
Paris	[paʀi]	巴黎
Marseille	[maʀsɛj]	馬賽
Lyon	[ljɔ̃]	里昂
Rennes	[ʀɛn]	雷恩
Bordeaux	[bɔʀdo]	波爾多
Toulouse	[tuluz]	土魯斯
Strasbourg	[stʀasbuʀ]	史特拉斯堡
Lille	[lil]	里爾
Avignon	[aviɲɔ̃]	亞維農
Arles	[aʀl]	亞爾
Rouen	[ʀwɑ̃]	盧昂
Reims	[ʀɛ̃s]	漢斯
Nîmes	[nim]	尼姆
Tours	[tuʀ]	圖爾

著名景點 **Sites touristiques en France**

▶ MP3-26

Je voudrais visiter _____.

[ʒə vudʀɛ vizite _____]

我想要參觀 ___。

法語	發音	中文
la Tour Eiffel	[la tuʀ ɛfɛl]	艾菲爾鐵塔
le Musée du Louvre	[lə myze dy luvʀ]	羅浮宮博物館
le Musée d'Orsay	[lə myze dɔʀsɛ]	奧賽美術館
le Château de Versailles	[lə ʃato də vɛʀsaj]	凡爾賽宮
le Centre Pompidou	[lə sãtʀ põpidu]	龐比度中心
Notre-Dame de Paris	[nɔtʀə-dam də paʀi]	巴黎聖母院
le Grand Palais	[lə gʀã palɛ]	大皇宮
la Tour Montparnasse	[la tuʀ mõpaʀnas]	蒙帕那斯大樓
l'Arc de triomphe	[laʀk də tʀiõf]	凱旋門
le Panthéon	[lə pãteõ]	萬神殿

法語	發音	中文
le Mont-Saint-Michel	[lə mɔ̃-sɛ̃-miʃɛl]	聖米歇爾山
le Château de Chambord	[lə ʃɑto də ʃɑ̃bɔʀ]	香波堡
le Château de Chenonceau	[lə ʃato də ʃənɔ̃so]	雪儂梭城堡
le Palais des Papes	[lə palɛ de pap]	教皇宮

▶ MP3-27

Avignon est dans ▓▓▓▓▓▓▓ de France.

[aviɲɔ̃ ɛ dɑ̃ lə ▓▓▓▓▓ də fʀɑ̃s]

亞維儂在法國的 ▓▓ 。

法語	發音	中文
le nord	[lə nɔʀ]	北方
le sud	[lə syd]	南方
l'est	[lɛst]	東方
l'ouest	[lwɛst]	西方
le nord-est	[lə nɔʀ-ɛst]	東北方
le nord-ouest	[lə nɔʀ-wɛst]	西北方
le sud-est	[lə syd-ɛst]	東南方
le sud-ouest	[lə syd-wɛst]	西南方

▶ MP3-08

Les toilettes sont ▨▨▨▨▨▨ la salle.
[le twalɛt sɔ̃ ▨▨▨▨▨ la sal]
廁所在大廳的 ▨▨ 。

法語	發音	中文
à droite de	[a dʀwat də]	在……右邊
à gauche de	[a goʃ də]	在……左邊
à côté de	[a kote də]	在……旁邊
au fond de	[o fɔ̃ də]	在……盡頭
en face de	[ɑ̃ fas də]	在……對面
derrière	[dəʀjɛʀ]	在……後面
devant	[dəvɑ̃]	在……前面

方向 Direction

▶ MP3-29

Pour le musée du Louvre, il faut ▆▆▆▆▆▆▆.

到羅浮宮，要 ▆▆▆ 。

[puʀ lə myze dy luvʀ, il fo ▆▆▆▆▆▆]

法語	發音	中文
aller tout droit	[ale tu dʀwa]	直走
tourner à droite	[tuʀne a dʀwat]	右轉
tourner à gauche	[tuʀne a goʃ]	左轉
traverser la rue	[tʀavɛʀse la ʀy]	穿越馬路

交通工具 Moyens de transport

Je vais prendre ▮▮▮▮▮ **pour aller au Château de Versailles.**

[ʒə ve pʀɑ̃dʀ ▮▮▮▮▮ puʀ ale o ʃɑto də vɛʀsɑi]

我要搭▮▮到凡爾賽宮。

法語	發音	中文
le bus	[lə bys]	公車
le train	[lə tʀɛ̃]	火車
le métro	[lə metʀo]	捷運
l'avion	[lavjɔ̃]	飛機
le bateau	[lə bato]	船
le vélo	[lə velo]	腳踏車

商店 Magasins

▶ MP3-31

est à côté de l'église.

[ɛ ta kote də legliz]

在教堂的旁邊。

法語	發音	中文
La boulangerie	[la bulɑ̃ʒʀi]	那間麵包店
La pâtisserie	[la pɑtisʀi]	那間甜點店
La pharmacie	[la faʀmasi]	那間藥妝店
La bijouterie	[la biʒutʀi]	那間珠寶店
La librairie	[la libʀeʀi]	那間書店
La poste	[la pɔst]	那間郵局
La banque	[la bɑ̃k]	那間銀行
Le salon de coiffure	[lə salɔ̃ də kwafyʀ]	那間理髮店
Le supermarché	[lə sypɛʀmaʀʃe]	那間超級市場
Le grand magasin	[lə gʀɑ̃ magazɛ̃]	那間百貨公司
Le marché	[lə maʀʃe]	那個市場
Le magasin d'optique	[lə magazɛ̃ dɔptik]	那間眼鏡行

法語	發音	中文
Le kiosque	[lə kjɔsk]	那間書報攤

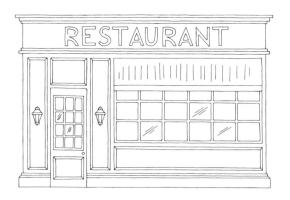

PART I

Chapitre5

物品市集
La mode et les_affaires de toilette

衣服 Vêtements

Je vais prendre ▮▮▮▮▮▮▮.

[ʒə vɛ pʀɑ̃dʀ ▮▮▮▮]

我要買 ▮▮▮。

法語	發音	中文
le pull	[lə pyl]	那件毛衣
le pantalon	[lə pɑ̃talɔ̃]	那件長褲
le manteau	[lə mɑ̃to]	那件大衣
le chemisier	[lə ʃəmizje]	那件女用襯衫
le tee-shirt	[lə tiʃœʀt]	那件 T 恤
le costume	[lə kɔstym]	那件男用西裝
le slip	[lə slip]	那件男用三角褲
le jogging	[lə dʒɔgin]	那件運動服
le pyjama	[lə piʒama]	那件睡衣
la jupe	[la ʒyp]	那件裙子
la robe	[la ʀɔb]	那件連身洋裝

法語	發音	中文
la chemise	[la ʃəmiz]	那件男用襯衫
la veste	[la vɛst]	那件外套
la blouse	[la bluz]	那件罩衫
la culotte	[la kylɔt]	那件女用內褲
la salopette	[la salɔpɛt]	那件吊帶褲

顏色 Couleurs

▶ MP3-33

Vous‿avez ce modèle en   ?

[vu zave sə mɔdɛl ɑ̃   ]

您有這個款式   的嗎？

法語	發音	中文
rouge	[ʀuʒ]	紅色
blanc	[blɑ̃]	白色
noir	[nwaʀ]	黑色
bleu	[blø]	藍色
jaune	[ʒon]	黃色
gris	[gʀi]	灰色
rose	[ʀoz]	粉紅色
vert	[vɛʀ]	綠色
violet	[vjɔlɛ]	紫色
orange	[ɔʀɑ̃ʒ]	橘色
marron	[maʀɔ̃]	咖啡色

法語	發音	中文
beige	[bɛʒ]	米白色
kaki	[kaki]	卡其色
mauve	[mov]	淡紫色

盥洗用具 Affaires de toilette

▶ MP3-34

Il n'y a pas de ▬▬▬▬ **dans la salle de bain.**

[il ni a pa də ▬▬▬▬ dã la sal də bɛ̃]

浴室沒有 ▬▬ 。

法語	發音	中文
savon	[savɔ̃]	肥皂
papier toilette	[papje twalɛt]	衛生紙
mouchoirs	[muʃwaʀ]	面紙
après-shampoing	*[apʀɛ-ʃãpwɛ̃]	潤髮乳
shampoing	[ʃãpwɛ̃]	洗髮精
coton-tige	[kɔtɔ̃-tiʒ]	棉花棒
rasoir	[ʀɑzwaʀ]	刮鬍刀
dentifrice	[dãtifʀis]	牙膏
sèche-cheveux	[sɛʃ-ʃəvø]	吹風機
peignoir	[pɛɲwaʀ]	浴袍
brosse à dents	[bʀɔs a dã]	牙刷

法語	發音	中文
serviette	[sɛʀvjɛt]	毛巾；浴巾

* 補充：de 若緊接母音開頭的字，必須縮寫成 d'，唸 [d]，所以
  d'après-shampoing 唸 [dapʀɛ-ʃɑ̃pwɛ̃]。

▶ **MP3-35**

Je vais acheter ████████████████.

[ʒə vɛ aʃte ██████████████]

我要買 ████ 。

法語	發音	中文
le chapeau	[lə ʃapo]	那頂帽子
le foulard	[lə fulaʀ]	那條絲巾
le bonnet	[lə bɔnɛ]	那頂毛帽
le sac à main	[lə sak a mɛ̃]	那個手提包
le collant	[lə kɔlɑ̃]	那雙褲襪
le portefeuille	[lə pɔʀtəfœj]	那個皮夾
le porte-monnaie	[lə pɔʀt-mɔnɛ]	那個零錢包
le collier	[lə kɔlje]	那條項鏈
le bracelet	[lə bʀaslɛ]	那條手鍊
l'ombrelle	[lɔ̃bʀɛl]	那把陽傘
le parapluie	[lə paʀaplɥi]	那把雨傘

法語	發音	中文
l'écharpe	[leʃaʀp]	那條圍巾
la bague	[la bag]	那個戒指
la cravate	[la kʀavat]	那條領帶
la montre	[la mɔ̃tʀ]	那只手錶
la ceinture	[la sɛ̃tyʀ]	那條皮帶
les boucles d'oreille	[le bukl dɔʀɛj]	那對耳環
les chaussettes	[le ʃosɛt]	那雙襪子
les chaussures	[le ʃosyʀ]	那雙鞋子
les gants	[le gɑ̃]	那雙手套
les sandales	[le sɑ̃dal]	那雙涼鞋
les bottes	[le bɔt]	那雙靴子
les lunettes de vue	[le lynɛt də vy]	那副眼鏡
les lunettes de soleil	[le lynɛt də sɔlɛj]	那副太陽眼鏡

精品品牌 Grandes marques françaises

▶ MP3-36

Y a t-il une boutique ████████ près d'ici?

[j a til yn butik ████████ pRɛ disi]

這附近有沒有 ████ 商店？

法語	發音	中文
Louis Vuitton	[lwi vyitɔ̃]	路易威登
Chanel	[ʃanɛl]	香奈兒
Dior	[djɔR]	迪奧
Hermès	[ɛRmɛs]	愛馬仕
Longchamps	[lɔ̃ʃɔ̃]	瓏驤
Yves Saint Laurent	[iv sɛ̃ loRɑ̃]	聖羅蘭
Chloé	[klɔe]	寇依
Cartier	[kaRtje]	卡地亞

06

藥妝 Produits de beauté

▶ MP3-37

Est-ce que vous‿avez _____?

[ɛ-s kə vu zave _____]

請問您有沒有 ____ ？

法語	發音	中文
du fard à paupières	[dy faʀ a popjɛʀ]	眼影
du mascara	[dy maskaʀa]	睫毛膏
du parfum	[dy paʀfɛ̃]	香水
des‿huiles essentielles	[də zɥil esɑ̃sjɛl]	精油
de la crème pour les mains	[də la kʀɛm puʀ le mɛ̃]	護手霜
du lait corporelle	[dy lɛ kɔʀpɔʀɛl]	身體乳液
du fond de teint	[dy fɔ̃ də tɛ̃]	粉底
de la crème solaire	[də la kʀɛm sɔlɛʀ]	防曬乳
du rouge à lèvre	[dy ʀuʒ a lɛvʀ]	口紅

du baume à lèvres	[dy bom a lɛvʀ]	護唇膏
du vernis à ongles	[dy vɛʀni a ɔ̃gl]	指甲油
du démaquillant	[dy demakijã]	卸妝水
des vitamines	[de vitamin]	維他命
des préservatifs	[de pʀezɛʀvatif]	保險套
des serviettes hygiéniques	[de səʀvjɛt iʒjenik]	衛生棉
des pansements adhésifs	[de pãsmã adezif]	OK 繃

Part2
旅遊萬用句

PART 2

Chapitre1

機場篇
À l'aéroport

入境審查 Arrivée à l'aéroport

▶ MP3-38

Bonjour.
[bɔ̃ʒuʀ]
您好。

Bonjour, votre passeport s'il vous plaît.
[bɔ̃ʒuʀ, vɔtʀ paspɔʀ sil vu plɛ]
您好，您的護照麻煩您。

Oui, voilà.
[wi, vwala]
好的，在這裡。

Vous venez d'où?
[vu vəne du]
您從哪裡來的？

Taïwan.
[taiwan]
臺灣。

Quel est l'objet de votre visite?
[kɛl ɛ lɔbʒɛ də vɔtʀ vizit]
您來訪的目的是什麼？

Je suis_en vacances.
[ʒə sɥi zɑ̃ vakɑ̃s]
我來度假的。

Combien de temps allez-vous rester?
[kɔ̃bjɛ̃ də tɑ̃ ale-vu ʁɛste]
您要在這裡待多久？

Quinze jours.
[kɛ̃z ʒuʁ]
十五天。

Où allez-vous loger?
[u ale-vu lɔʒe]
您要住在哪裡？

À l'hôtel.
[a lotɛl]
在旅館。

Merci. Bon séjour.
[mɛʁsi. bɔ̃ seʒuʁ]
謝謝。假期愉快。

領取行李 Récupérer les bagages

▶ MP3-39

Je n'ai pas trouvé ma valise sur le tapis roulant.
[ʒə nɛ pa tʀuve ma valiz syʀ lə tapi ʀulɑ̃]
我在行李輸送帶上沒看到我的行李箱。

Adressez-vous au bureau central des bagages.
[adʀese-vu o byʀo sɑ̃tʀal de bagaʒ]
您可以到行李中心詢問。

Avez-vous le ticket du bagage?
[ave-vu lə tikɛ dy bagaʒ]
您有行李條碼嗎？

Oui, le voilà.
[wi, lə vwala]
有的，在這裡。

Comment est votre valise?
[kɔmɑ̃ ɛ vɔtʀ valiz]
您的行李是什麼樣子的？

C'est‿une valise rigide, de couleur noire.
[sɛ tyn valiz ʀiʒid, də kulœʀ nwaʀ]
是一個硬殼的行李箱，黑色的。

Souvenez-vous de la marque et du modèle de votre valise?

[suvne-vu də la maʁk e dy mɔdɛl də vɔtʁ valiz]

您的行李箱是哪一個品牌？

C'est le dernier modèle de France Bag.

[sɛ lə dɛʁnje mɔdɛl də fʁɑ̃s bag]

法國袋子（France Bag）最新的款式。

Très bien, nous‿allons vérifier dans le système.

[tʁɛ bjɛ̃, nu zalɔ̃ veʁifje dɑ̃ lə sistɛm]

好的，我們會在系統上追查。

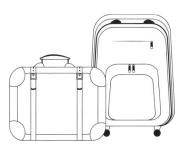

詢問搭車資訊 Demander les‿informations

▶ MP3-40

Bonjour, je voudrais aller à la Gare de Lyon,
comment je peux y aller?

[bɔ̃ʒuʀ, ʒə vudʀɛ ale a la gaʀ də ljɔ̃, kɔmã ʒə pø j ale]

您好，我想到里昂車站，請問我要怎麼去？

Vous pouvez prendre le train pour aller au centre, il
y a aussi des navettes qui y vont.

[vu puve pʀɑ̃dʀ lə tʀɛ̃ puʀ ale o sɑ̃tʀ, i lja osi de navɛt ki i vɔ̃]

您可以搭火車到市中心，或是您也可以搭接駁車到市中心。

C'est direct?

[sɛ diʀɛkt]

是直達的嗎？

Le train s'arrête à toutes les stations, mais la
navette est directe.

[lə tʀɛ̃ saʀɛt a tut le statjɔ̃, mɛ la navɛt ɛ diʀɛkt]

火車每站都停，但是接駁車是直達的。

D'accord. Combien ça coûte?

[dakɔʀ. kɔ̃bjɛ̃ sa kut]

好的。票價多少？

Le train est‿à 8 euros et la navette est‿à 10 euros.
[lə tʁɛ̃ ɛ ta ɥit øʁo e la navɛt ɛ ta di zøʁo]
火車是 8 歐元，接駁車是 10 歐元。

Où est-ce que je peux acheter des billets de train?
[u ɛ-s kə ʒə pø aʃte de bijɛ də tʁɛ̃]
我可以在哪裡買火車票？

Vous trouverez les guichets de train au rez-de-chaussez de cet‿immeuble.
[vu tʁuvʁe le giʃɛ də tʁɛ̃ o ʁedʃose də sɛ timœbl]
您可以在這棟大樓的平面大廳找到售票櫃台。

Merci.
[mɛʁsi]
謝謝。

退稅申請 Faire la détaxe

▶ MP3-41

Bonjour je viens pour la détaxe.
[bɔ̃ʒuʀ ʒə vjɛ̃ puʀ la detaks]
您好，我來辦退稅。

Avez-vous vos bordereaux de détaxe?
[ave-vu vo bɔʀdəʀo də detaks]
您有商品退稅單嗎？

Oui, ils sont là.
[wi, il sɔ̃ la]
有的，都在這裡。

Très bien, vous voyez les codes barres sur les bordereaux?
[tʀɛ bjɛ̃, vu vwaje le kɔd baʀ syʀ le bɔʀdəʀo]
好的，您看到退稅單上面的條碼嗎？

Oui.

[wi]

有的。

Vous‿allez passer le code barres un par un dans la borne PABLO pour valider la détaxe.

[vu zale pase lə kɔd bɑʀ ɛ̃ paʀ ɛ̃ dɑ̃ la bɔʀn pablo puʀ valide la detaks]

您將條碼一個接一個通過 PABLO 機器啓動退稅程序。

Ensuite, présentez-vous au guichet de la douane, ils vont mettre un cachet sur vos bordereaux.

[ɑ̃sɥit, pʀezɑ̃te-vu o giʃɛ də la dwan, il vɔ̃ mɛtʀ ɛ̃ kaʃɛ syʀ vo bɔʀdəʀo]

然後，您再到海關退稅櫃檯，他們會在退稅單上蓋上官方印鑑。

Merci, on garde les bordereaux après?

[mɛʀsi, ɔ̃ gaʀd le bɔʀdəʀo apʀɛ]

謝謝，然後我留著退稅單嗎？

Non, vous devrez les mettre dans les‿enveloppes et puis les poster.

[nɔ̃, vu dəvʀe le mɛtʀ dɑ̃ le zɑ̃vlɔp e pɥi le pɔste]

不是的，您必須將退稅單放到信封裡寄出。

PART 2

Chapitre2
交通篇
Les transports

▶ MP3-42

Bonjour je voudrais deux billets aller-retour Paris-Marseille, s'il vous plaît.

[bɔ̃ʒuʀ ʒə vudʀɛ dø bijɛ alɛ-ʀətuʀ paʀi-maʀsɛj, sil vu plɛ]

您好，我想要兩張巴黎─馬賽的來回票。

Oui, pour quelle date?

[wi, puʀ kɛl dat]

好的，哪一天？

Pour le vendredi 20 juin.

[puʀ lə vãdʀədi vɛ̃ ʒɥɛ̃]

六月 20 日星期五。

Départ à quelle_heure?

[depaʀ a kɛ lœʀ]

幾點出發的車？

Celui de 13h05.

[səlɥi də tʀɛz œʀ sɛ̃k]

下午 1 點 5 分的那一班。

En première ou deuxième classe?

[ã pʀəmjɛʀ u døzjɛm klas]

頭等車廂還是二等車廂？

En deuxième classe, s'il vous plaît.

[ã døzjɛm klas, sil vu plɛ]

二等車廂，麻煩您。

Ça vous fait 80 euros, vous réglez comment?

[sa vu fɛ katʀəvɛ̃ øʀo, vu ʀegle kɔmã]

總共 80 歐元，您怎麼付費？

Par carte de crédit si possible.

[paʀ kaʀt də kʀedi si pɔsibl]

可以的話用信用卡付費。

Bien sûr.

[bjɛ̃ syʀ]

當然可以。

Voici vos billets.

[vwasi vo bijɛ]

這裡是您的票。

Merci au revoir.

[mɛʀsi o ʀəvwaʀ]

謝謝，再見。

Au revoir.

[o ʀəvwaʀ]

再見。

租車 Louer une voiture

▶ MP3-43

Bonjour, je voudrais louer une voiture, s'il vous plaît.

[bõʒuʀ, ʒə vudʀɛ lwe yn vwatyʀ, sil vu plɛ]

您好,我想要租一台汽車,麻煩您。

Avez-vous un modèle préféré?

[ave-vu ɛ̃ mɔdɛl pʀefeʀe]

有喜愛的車款嗎?

Je préfère les voitures françaises.

[ʒə pʀefɛʀ le vwatyʀ fʀɑ̃sɛz]

我偏好法國車。

D'accord, une Peugeot?

[dakɔʀ, yn pœʒo]

好的,一台標誌汽車可以嗎?

Très bien.

[tʀɛ bjɛ̃]

好的。

Combien ça coûte par jour?

[kɔ̃bjɛ̃ sa kut paʀ ʒuʀ]

租一天的費用怎麼算?

Le tarif est_à 25 euros par jour pour cette gamme.
[lə taʀif ɛ ta vɛ̃sɛ̃k ⌀ʀo paʀ ʒuʀ puʀ sɛt gam]
這一等級的車，一天的費用是 25 歐元。

Je peux la rendre dans_une autre ville?
[ʒə pø la ʀɑ̃dʀ dɑ̃ zyn otʀ vil]
我可以在另一個城市還車嗎？

Bien sûr, voici la liste de nos points de service en France.
[bjɛ̃ syʀ, vwasi la list də no pwɛ̃ də sɛʀvis ɑ̃ fʀɑ̃s]
當然，這是我們在法國各地的還車地點表。

Parfait, je la prends.
[paʀfɛ, ʒə la pʀɑ̃]
太好了，我租這輛。

Votre passeport et permis de conduire, s'il vous plaît.
[vɔtʀ paspɔʀ e pɛʀmi də kɔ̃dɥiʀ, sil vu plɛ]
您的護照和駕照，麻煩您。

搭火車 Prendre le train

▶ MP3-44

Regarde le panneau d'affichage, notre train est‿au quai 12.

[ʀəgaʀd lə pano dafiʃaʒ, nɔtʀ tʀɛ̃ ɛ to kɛ duz]

你看車班看板，我們的火車在 12 號月台。

D'accord, nous‿allons composter nos billets d'abord.

[dakɔʀ, nu zalɔ̃ kɔ̃pɔste no bijɛ dabɔʀ]

好的，我們先去驗票機過票。

Tu as raison, il ne faut surtout pas l'oublier.

[ty a ʀɛzɔ̃, il nə fo syʀtu pa lublije]

你說的對，千萬不能忘記這件事。

Dans quelle voiture sommes-nous?

[dɑ̃ kɛl vwatyʀ sɔm-nu]

我們的車廂是幾號？

Voiture 7.

[vwatyʀ sɛt]

7 號車廂。

Quels sont les numéros de nos places?

[kɛl sɔ̃ le nymeʀo də no plas]

我們的車位號碼是多少？

Places 17 et 18.
[plas dizsεt e dizɥit]
17 和 18 號。

Voilà nous‿y sommes!
[vwala nu zi sɔm]
這裡就是我們的位子。
…

Bonjour messieurs-dames, vos billets s'il vous plaît.
[bɔ̃ʒuʀ mesjø-dam, vo bijε sil vu plε]
先生女士您們好，車票，麻煩您們。

Les voilà.
[le vwala]
在這裡。

Merci, bon voyage.
[mεʀsi, bɔ̃ vwajaʒ]
謝謝，旅途愉快。

Merci.
[mεʀsi]
謝謝。

04

搭船 **Prendre le bateau**

▶ MP3-45

Excusez-moi, l'embarquement du bateau pour l'île d'Ouessant, c'est par où?

[ɛkskyze-mwa, lãbaʀkəmã dy bato puʀ lil dwɛsã sɛ paʀ u]

不好意思，請問到韋桑島的船，在哪裡搭？

C'est‿au quai 5.

[sɛ to kɛ sɛ̃k]

在 5 號碼頭。

Il n'y a pas de numéro de place sur le billet, c'est normal?

[il nia pa də nymeʀo də plas syʀ lə bijɛ, sɛ nɔʀmal]

船票上沒有座位號碼，這是正常嗎？

Oui, ce sont des places libres, vous pouvez choisir la place qui vous plaît.

[wi, sə sɔ̃ de plas libʀ, vu puve ʃwaziʀ la plas ki vu plɛ]

正常的，船上的位子是自由座，您可以選擇您想要的座位。

D'accord.

[dakɔʀ]

好的。

Ça va prendre combien de temps pour arriver à destination?

[sa va pʀãdʀ kɔ̃bjɛ̃ də tã puʀ aʀive a dɛstinasjɔ̃]

到目的地要多久？

2 heures environ.
[dø zœʀ ãviʀɔ̃]
大約 2 小時。

Ah quand même!
[ɑ kɑ̃ mɛm]
是哦，也不算近！

Vous‿avez le mal de mer?
[vu zave lə mal də mɛʀ]
您會暈船嗎？

Je ne sais pas.
[ʒə nə sɛ pa]
我不知道。

Il y a des sacs en papier au cas où.
[i lja de sak ã papje o ka u]
這裡有紙袋，如果需要的話。

Merci.
[mɛʀsi]
謝謝。

搭計程車 Prendre le taxi

▶ MP3-46

Bonjour, Place de Clichy, s'il vous plaît.

[bɔ̃ʒuʀ, plas də kliʃi, sil vu plɛ]

您好，我要到克利希廣場，麻煩您。

Oui, vous‿avez un‿itinéraire préféré?

[wi, vu zave ɛ̃ nitineʀɛʀ pʀefeʀe]

您有偏好的路線嗎？

Le plus rapide, s'il vous plaît.

[lə ply ʀapid, sil vu plɛ]

最快的就好，麻煩您。

C'est l'heure de pointe, il y a peut-être des‿embouteillages.

[sɛ lœʀ də pwɛ̃t, i lja pøt-ɛtʀ de zɑ̃butɛjaʒ]

現在是交通尖峰時間，有可能會遇到塞車。

D'accord, je comprends.

[dakɔʀ, ʒə kɔ̃pʀɑ̃]

好的，我瞭解。

…

Arrêtez-vous ici, s'il vous plaît.

[aʀete-vu isi, sil vu plɛ]

麻煩您，停在這裡。

Pas de problème. Ça vous fait 25 euros, s'il vous plaît.

[pa də pʀɔblɛm. sa vu fɛ vɛ̃tsɛ̃k øʀo, sil vu plɛ]

沒問題，總共 25 歐元，麻煩您。

PART 2

Chapitre3
用餐篇
Au restaurant

餐廳訂位 Réserver une table

▶ MP3-47

Chez Luca bonjour.

[ʃe lyka bɔ̃ʒuʀ]

盧卡家餐廳，您好。

Bonjour, je voudrais réserver une table pour vendredi soir.

[bɔ̃ʒuʀ, ʒə vudʀɛ ʀezɛʀve yn tabl puʀ vɑ̃dʀədi swaʀ]

您好，我想要訂星期五晚上的位子。

Oui, madame, c'est pour combien de personnes?

[wi, madam, sɛ puʀ kɔ̃bjɛ̃ də pɛʀsɔn]

好的，女士，總共多少人？

Pour 4 personnes.

[puʀ katʀ pɛʀsɔn]

4 個人。

À quelle‿heure comptez-vous arriver?

[a kɛ lœʀ kɔ̃te-vu aʀive]

您們預計幾點到呢？

Vers 20‿heures.

[vɛʀ vɛ̃ tœʀ]

大約晚上 8 點。

C'est_à quel nom?

[sɛ ta kɛl nõ]

訂位人的名字？

Dumas, D.U.M.A.S.

[dyma, de.y.ɛm.a.ɛs]

杜馬，D.U.M.A.S。

Parfait, c'est noté.

[paʀfɛ, sɛ nɔte]

很好，記下了。

À vendredi madame.

[a vãdʀədi madam]

星期五見了女士。

Au revoir.

[o ʀəvwaʀ]

再見。

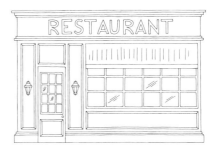

02
買麵包 Acheter du pain

▶ MP3-48

Bonjour madame, vous désirez?
[bɔ̃ʒuʀ madam, vu deziʀe]
您好女士，您想要什麼？

Bonjour je voudrais une baguette bien cuite.
[bɔ̃ʒuʀ ʒə vudʀɛ yn bagɛt bjɛ̃ kɥit]
您好，我想要一條烤得比較熟的長棍麵包。

Avec ceci?
[avɛk səsi]
還要其他的嗎？

Je vais prendre aussi un croissant et un pain au chocolat.
[ʒə ve pʀɑ̃dʀ osi ɛ̃ kʀwasɑ̃ e ɛ̃ pɛ̃ o ʃɔkɔla]
我還要一個可頌和一個巧克力麵包。

Oui, ça sera tout?
[wi, sa səʀa tu]
好的，這樣就好了嗎？

Oui, ça sera tout.
[wi, sa səʀa tu]
是的，這樣就好了。

Très bien, une baguette deux‿euros, un croissant un‿euro cinquante,

[tʀɛ bjɛ̃, yn bagɛt dø zøʀo, ɛ̃ kʀwasɑ̃ ɛ̃ nøʀo sɛ̃kɑ̃t,]

好的，一個長棍麵包兩歐元，一個可頌一歐元五十，

un pain au chocolat un‿euro quatre-vingts, ça fait cinq euros trente, s'il vous plaît.

[ɛ̃ pɛ̃ o ʃɔkɔla ɛ̃ nøʀo katʀə-vɛ̃, sa fɛ sɛ̃k øʀo tʀɑ̃t, sil vu plɛ]

一個巧克力麵包一歐元八十，總共五歐元三十，麻煩您。

Tenez.

[təne]

請收下。

Merci, au revoir, bonne journée.

[mɛʀsi, o ʀəvwaʀ, bɔn ʒuʀne]

謝謝，再見，祝您有美好的一天。

Bonne journée à vous aussi.

[bɔn ʒuʀne a vu osi]

也祝您有美好的一天。

點餐 Commander un repas

▶ MP3-49

Bonsoir messieurs-dames, voulez-vous prendre un‿apéritif?

[bɔ̃swaʀ mesjø-dam, vule-vu pʀɑ̃dʀ ɛ̃ napeʀitif]

先生女士您好，請問您們要點餐前酒嗎？

Oui, un kir royal et un Pastis, s'il vous plaît.

[wi, ɛ̃ kiʀ ʀwajal e ɛ̃ pastis, sil vu plɛ]

是的，一杯皇家基爾酒和一杯茴香酒，麻煩您。

Très bien.

[tʀɛ bjɛ̃]

好的。

...

Excusez-moi, avez-vous choisi?

[ɛkskyze-mwa, ave-vu ʃwazi]

不好意思，請問您們選好了嗎？

Oui.

[wi]

好了。

Qu'est-ce que vous voulez prendre comme entrée?

[kɛ-s kə vu vule pʀɑ̃dʀ kɔm ɑ̃tʀe]

您們想要點什麼當前菜？

Je vais prendre une salade niçoise.
[ʒə vɛ pʀɑ̃dʀ yn salad niswaz]
我要點一份尼斯沙拉。

Pour moi, je prendrai des rillettes de canard.
[puʀ mwa, ʒə pʀɑ̃dʀe de ʀijɛt də kanaʀ]
我的話，我點一份鴨肉醬。

Et, comme plat?
[e kɔm pla]
主菜呢？

Nous‿allons prendre deux moules marinières avec frites.
[nu zalɔ̃ pʀɑ̃dʀ dø mul maʀinjɛʀ avɛk fʀit]
我們點兩份淡菜配薯條。

Comme boisson, qu'est-ce que vous désirez?
[kɔm bwasɔ̃, kɛ-s kə vu deziʀe]
飲料呢，您們想要點什麼？

Euh... qu'est-ce que vous nous conseillez?
[ø kɛ-s kə vu nu kɔ̃seje]
哦……您建議什麼呢？

Avec les moules, je vous conseille de prendre une bière ou du vin blanc.

[avɛk le mul, ʒə vu kɔ̃sej də pʀɑ̃dʀ yn bjɛʀ u dy vɛ̃ blɑ̃]

配淡菜的話，我建議配一杯啤酒或一杯白酒。

 D'accord, deux bières 1664 alors.

[dakɔʀ, dø bjɛʀ sɛz swasɑ̃t katʀ alɔʀ]

好的，這樣就兩杯 1664 啤酒。

 Parfait.

[paʀfɛ]

沒問題。

04

點甜點 Commander des desserts

▶ MP3-50

Excusez-moi, vous‿avez terminé?
[ɛkskyze-mwa, vu zave tɛrmine]
不好意思，請問您們用完餐了嗎？

Oui.
[wi]
用完了。

Je vous débarrasse la table.
[ʒə vu debaʀas la tabl]
我為您們整理桌子。

Oui, merci.
[wi, mɛrsi]
好的，謝謝。

Voulez-vous prendre des desserts?
[vule-vu pʀɑ̃dʀ de desɛʀ]
您們想要點甜點嗎？

Oui.
[wi]
要的。

Voici la carte des dessets.

[vwasi la kaʀt de desɛʀ]

這是甜點單。

Merci.

[mɛʀsi]

謝謝。

Je vous‿écoute.

[ʒə vu zekut]

請說。

Je prendrai un fondant au chocolat.

[ʒə pʀɑ̃dʀe ɛ̃ fɔ̃dɑ̃ o ʃɔkɔla]

我要點一個熔岩巧克力。

Je vais prendre un mille-feuille à la vanille.

[ʒə ve pʀɑ̃dʀ ɛ̃ milfœj a la vanij]

我要點一個香草千層派。

Très bien. Je vous sers tout de suite.

[tʀɛ bjɛ̃ ʒə vu sɛʀ tu də sɥit]

好的，馬上為您們送來。

要求服務 Demander un service

▶ MP3-51

Excusez-moi, monsieur.

[ɛkskyze-mwa, məsjø]

先生不好意思。

Oui, je peux vous‿aider?

[wi, ʒə pø vu zede]

是的，有什麼我可以幫您的嗎？

Nous voudrions une carafe d'eau, s'il vous plaît.

[nu vudʀjɔ̃ yn kaʀaf do, sil vu plɛ]

我們想要一壺白開水，麻煩您。

D'accord. Je vous l'apporte.

[dakɔʀ. ʒə vu lapɔʀt]

好的。我幫您拿來。

Pardon, du pain s'il vous plaît.

[paʀdɔ̃, dy pɛ̃ sil vu plɛ]

不好意思，我們還要麵包，麻煩您。

Pas de problème, tout de suite.

[pa də pʀɔblɛm, tu də sɥit]

沒問題，馬上來。

Merci.

[mɛʀsi]

謝謝。

...

Excusez moi, l'addition s'il vous plaît.

[ɛkskyze-mwa, ladisjɔ̃ sil vu plɛ]

不好意思，結帳麻煩您。

Voici votre reçu.

[vwasi vɔtʀ ʀəsy]

這是您的帳單。

Très bien.

[tʀɛ bjɛ̃]

好的。

Vous réglez comment?

[vu ʀegle kɔmɑ̃]

您要怎麼付費？

Par carte bleu.

[paʀ kaʀt blø]

用金融卡。

PART 2

Chapitre4

住宿篇
Se loger

訂房 Réserver une chambre

▶ MP3-52

Hôtel Alice bonjour.

[otɛl alis bɔ̃ʒuʀ]

愛麗絲飯店,您好。

Je voudrais une chambre pour deux personnes pour lundi prochain.

[ʒə vudʀɛ yn ʃɑ̃bʀ puʀ dø pɛʀsɔn puʀ lɛ̃di pʀɔʃɛ̃]

我想要為下星期一訂一間雙人房。

Une chambre avec un grand lit ou avec lits séparés?

[yn ʃɑ̃bʀ avɛk ɛ̃ gʀɑ̃ li u avɛk li sepaʀe]

一間大床還是兩張分開的床。

Une chambre avec un grand lit.

[yn ʃɑ̃bʀ avɛk ɛ̃ gʀɑ̃ li]

一間大床的房間。

Voulez-vous le petit-déjeuner?

[vule-vu lə pəti-deʒœne]

您想要在飯店用早餐嗎?

Pourquoi pas, avec le petit-déjeuner, ça fait combien?

[puʀkwa pa, avɛk lə pəti-deʒœne, sa fɛ kɔ̃bjɛ̃]

好啊,和早餐的話,價格多少?

Ça vous fait 90 euros.
[sa vu fɛ katʀvɛ̃di zøʀo]
總共 90 歐元。

Parfait, je vais prendre une chambre avec un grand lit et le petit-déjeuner.
[paʀfɛ, ʒə ve pʀɑ̃dʀ yn ʃɑ̃bʀ avɛk ɛ̃ gʀɑ̃ li e lə pəti-deʒœne]
好的，我訂一大床的雙人房加早餐。

Très bien, c'est_à quel nom?
[tʀɛ bjɛ̃, sɛ ta kɛl nõ]
好的，訂房人的名字？

Dupont, D.U.P.O.N.T.
[dypõ, de.y.pe.o.ɛn.te]
杜邦，D.U.P.O.N.T。

C'est noté. À lundi.
[sɛ nɔte. a lɛ̃di]
記下了。下星期一見。

À lundi.
[a lɛ̃di]
星期一見。

▶ MP3-53

Bonjour, j'ai réservé une chambre pour 2 personnes ce soir.

[bɔ̃ʒuʀ, ʒe ʀezɛʀve yn ʃɑ̃bʀ puʀ dø pɛʀsɔn sə swaʀ]

您好，我今晚訂了一間雙人房。

Pourriez-vous me donner votre nom?

[puʀje-vu mə dɔne vɔtʀ nɔ̃]

您可以給我您的名字嗎？

Louise Dupont.

[lwiz dypɔ̃]

路易絲 ・ 杜邦。

D'accord, votre passeport s'il vous plaît.

[dakɔʀ, vɔtʀ paspɔʀ sil vu plɛ]

好的，您的護照麻煩您。

Tenez.

[təne]

在這裡。

Vous voulez prendre le petit-déjeuner demain matin?

[vu vule pʀɑ̃dʀ lə pəti-deʒœne dəmɛ̃ matɛ̃]

您明天要在飯店用早餐嗎？

Oui, le service commence à quelle heure?
[wi, lə sɛʀvis kɔmɑ̃s a kɛl œʀ]
要的，請問幾點開始？

À partir de 7h et il se termine à 10h.
[a paʀtiʀ də sɛt œʀ e il sə tɛʀmin a di zœʀ]
從 7 點到 10 點。

D'accord.
[dakɔʀ]
好的。

Votre chambre est‿au cinquième étage, numéro 502.
[vɔtʀ ʃɑ̃bʀ ɛ to sɛ̃kjɛm etaʒ, nymeʀo sɛ̃ sɑ̃ dø]
您房間在 5 樓，房號 502。

Voici votre carte de chambre.
[vwasi vɔtʀ kaʀt də ʃɑ̃bʀ]
這是您的房卡。

Merci.
[mɛʀsi]
謝謝。

▶ MP3-54

Excusez-moi, vous‿avez le WIFI ici?

[ɛkskyze-mwa, vu zave lə wifi isi]

不好意思，這裡有無線網路嗎？

Oui, c'est le réseau: amour.

[wi, sɛ lə ʀezo: amuʀ]

有的，是網名：amour。

Il faut entrer un code?

[il fo ɑ̃tʀe ɛ̃ kɔd]

需要密碼嗎？

Le code est le numéro de téléphone de l'hôtel.

[lə kɔd ɛ lə nymeʀo də telefɔn də lotɛl]

密碼是飯店的電話號碼。

Le WIFI est gratuit?

[lə wifi ɛ ɡʀatɥi]

無線網路是免費的嗎？

Oui, mais seulement pendant 2‿heures.

[wi, mɛ sœlmɑ̃ pɑ̃dɑ̃ dø zœʀ]

是的，但是只有 2 小時。

D'accord.

[dakɔʀ]

好的。

Une autre question, est-ce qu'il y a des sèche-cheveux dans la chambre?

[yn otʀ kɛstjõ, ɛ-s ki lja de sɛʃ-ʃəvø dã la ʃãbʀ]

另外一個問題，房間裡面有沒有吹風機？

Oui, chaque chambre est‿équipée d'un sèche-cheveux.

[wi, ʃak ʃãbʀ ɛ tekipe dẽ sɛʃ-ʃəvø]

有的，每間房間裡都有一台吹風機。

Parfait, merci beaucoup.

[paʀfɛ, mɛʀsi boku]

太好了，謝謝您。

Je vous‿en prie.

[ʒə vu zã pʀi]

不用客氣。

飯店內撥打電話 Appel entre les chambres

▶ MP3-55

Allô, réception bonjour.

[alo, ʀɛsɛpsjɔ̃ bɔ̃ʒuʀ]

喂，櫃檯您好。

Allô, je voudrais savoir comment on peut appeler d'une chambre à l'autre?

[alo, ʒə vudʀɛ savwaʀ kɔmɑ̃ ɔ̃ pø aple dyn ʃɑ̃bʀ a lotʀ]

您好，我想要知道房間之間要怎麼互通電話？

Vous devez composer le 4, ensuite vous composez le numéro de chambre.

[vu dəve kɔ̃poze lə katʀ, ɑ̃sɥit vu kɔ̃poze lə nymeʀo də ʃɑ̃bʀ]

您必須先按 4，然後再按那間房間號碼。

D'accord, donc 4 plus le numéro de chambre que je veux appeler.

[dakɔʀ, dɔ̃k katʀ plys lə nymeʀo də ʃɑ̃bʀ kə ʒə vø aple]

好的，所以是 4 加上我想撥的房間號碼。

Exactement.

[ɛgzaktəmɑ̃]

沒錯。

Merci.
[mɛʁsi]
謝謝。

Je vous‿en prie.
[ʒə vu zɑ̃ pʁi]
不客氣。

叫車服務 Demander un taxi à l'hôtel

▶ MP3-56

Bonjour, pourriez-vous nous‿appeler un taxi pour l'aéroport?

[bɔ̃ʒuʀ, puʀje-vu nu zaple ɛ̃ taksi puʀ laeʀɔpɔʀ]

您好，您可以幫我叫輛計程車到機場嗎？

Bien sûr.

[bjɛ̃ syʀ]

當然沒問題。

Vous le voulez pour quand?

[vu lə vule puʀ kɑ̃]

您什麼時候需要？

Pour cet‿après-midi, vers 15 heures.

[puʀ sɛ tapʀɛ-midi, vɛʀ kɛ̃z œʀ]

今天下午，大約 3 點。

Notre avion décolle à 18 heures.

[nɔtʀ avjɔ̃ dekɔl a dizɥit œʀ]

我們的飛機下午 6 點起飛。

D'accord.

[dakɔʀ]

好的。

Vous‿avez combien de bagages?

[vu zave kɔ̃bjɛ̃ də bagaʒ]

您們有多少行李呢？

Nous‿avons 2 grandes valises et 2 bagages à main.

[nu zavɔ̃ dø gʀɑ̃d valiz e dø bagaʒ a mɛ̃]

我們有 2 個大行李箱和 2 個手提行李。

Le taxi va arriver à l'hôtel à 15h, le chauffeur vous‿attendera devant l'hôtel.

[lə taksi va aʀive a lotɛl a kɛ̃z œʀ, lə ʃofœʀ vu zatɑ̃dʀa dəvɑ̃ lotɛl]

計程車會在下午 3 點鐘抵達飯店，司機會在大門前等您們。

Très bien, je vous remercie.

[tʀɛ bjɛ̃, ʒə vu ʀəmɛʀsi]

太好了，感謝您。

Je vous‿en prie.

[ʒə vu zɑ̃ pʀi]

不客氣。

PART 2

Chapitre5
參觀篇
Visites et
informations

01

購票 Acheter des billets

▶ MP3-57

Bonjour je voudrais savoir si vous‿avez des musée-pass?

[bɔ̃ʒuʀ ʒə vudʀɛ savwaʀ si vu zave de myze-pas]

您好，我想知道您們有沒有博物館通行卡？

Oui, nous‿avons des pass de 3 jours et 5 jours, vous‿en voulez un?

[wi, nu zavɔ̃ de pas də tʀwɑ ʒuʀ e sɛ̃k ʒuʀ, vu zɑ̃ vule ɛ̃]

有的，我們 3 天和 5 天的通行卡，您要不要買一張？

Un pass de 3 jours ça coûte combien?

[ɛ̃ pas də tʀwɑ ʒuʀ sa kut kɔ̃bjɛ̃]

3 天的通行卡要多少錢？

45 euros et vous pouvez visiter tous les musées qui sont sur la liste.

[kaʀɑ̃t-sɛ̃ køʀo e vu puve vizite tu le myze ki sɔ̃ syʀ la list]

45 歐元而且您可以參觀這張表上列的所有博物館。

Est-ce qu'il y a des réductions avec la carte d'étudiant?

[ɛ-s ki lja de ʀedyksjɔ̃ avɛk la kaʀt detydjɑ̃]

請問學生證有打折嗎？

Oui, c'est 20% moins cher.

[wi, sɛ vɛ̃ puʀ sɑ̃ mwɛ̃ ʃɛʀ]

有的，打 8 折。

Très bien, je vais prendre deux pass de 3 jours, s'il vous plaît.

[tʀɛ bjɛ̃, ʒɛ ve pʀɑ̃dʀ dø pas də tʀwɑ ʒuʀ, sil vu plɛ]

太好了，這樣我拿兩張 3 天的通行卡，麻煩您。

Pourriez-vous me montrer vos cartes d'étudiant?

[puʀje-vu mə mɔ̃tʀe vo kaʀt detydjɑ̃]

您可以給我看看您們的學生證嗎？

Bien sûr. Tenez.

[bjɛ̃ syʀ. təne]

當然可以，在這裡。

Deux pass de 3 jours moins 20%, ça vous fait 72 euros, s'il vous plaît.

[dø pas də tʀwɑ ʒuʀ mwɛ̃ vɛ̃ puʀ sɑ̃, sa vu fɛ swasɑ̃tduz øʀo, sil vu plɛ]

兩張 3 天的通行卡打 8 折，總共 72 歐元，麻煩您。

參觀時間 Horaires de visite

▶ MP3-58

Bonjour, je voudrais connaître les_horaires de visite du musée.

[bɔ̃ʒuʀ, ʒə vudʀɛ kɔnɛtʀ le zɔʀɛʀ də vizit dy myze]

您好，我想知道這間博物館的開放時刻。

Nous_ouvrons du mardi au dimanche, de 9h à 18h.

[nu zuvʀɔ̃ dy mɑʀdi o dimɑ̃ʃ, də nœv œʀ a dizɥit œʀ]

我們星期二到星期五都開放，從早上 9 點到下午 6 點。

Mais il est_interdit d'entrer trente minutes avant la fermeture.

[mɛ ilɛ tɛ̃tɛʀdi dɑ̃tʀe tʀɑ̃t minyt avɑ̃ la fɛʀmətyʀ]

但是，關門前的三十分鐘就禁止入內參觀了。

D'accord, c'est les même horaires pour toutes les salles d'exposition?

[dakɔʀ, sɛ le mɛm ɔʀɛʀ puʀ tut le sal dɛkspozisjɔ̃]

好的，每間展覽廳的時刻都一樣嗎？

Non, la salle A est_ouverte uniquement le matin entre 9h et midi.

[nɔ̃, la sal a ɛ tuvɛʀt ynikmɑ̃ lə matɛ̃ ɑ̃tʀ nœv œʀ e midi]

沒有喔，A 展覽廳只有開放早上 9 點到中午 12 點。

Merci pour les‿informations.

[mɛʀsi puʀ le zɛ̃fɔʀmasjɔ̃]

謝謝您的資訊。

Je vous‿en prie.

[ʒə vu zɑ̃ pʀi]

不用客氣。

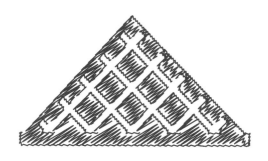

要求參觀手冊 Demander des brochures de visite

▶ MP3-59

Auriez-vous des brochures du musée?

[oʀje-vu de bʀɔʃyʀ dy myze]

請問您們有博物館的介紹手冊嗎？

Oui, en quelle langue préféréz-vous?

[wi, ã kɛl lãg pʀefeʀe-vu]

有的，您需要那一種語言？

En chinois, s'il vous plaît.

[ã ʃinwa, sil vu plɛ]

中文的，麻煩您。

Vous‿en voulez combien?

[vu zã vule kõbjɛ̃]

您想要幾份？

J'en‿ai besoin de six.

[ʒã nɛ bəzwɛ̃ də sis]

我需要六份。

Tenez, six brochures en chinois.

[təne, si bʀɔʃyʀ ã ʃinwa]

這裡，六份中文的介紹手冊。

Merci beaucoup.

[mɛʀsi boku]

真是謝謝。

 Bonne visite.

[bɔn vizit]

參觀愉快。

要求導覽 Demander un guide de visite

▶ MP3-60

Bonjour, avez-vous le service des guides-accompagnateurs français-chinois?

[bɔ̃ʒuʀ, ave-vu lə sɛʀvis de gid-akɔ̃paɲatœʀ fʀɑ̃sɛ-ʃinwa]

您好，請問您們有提供法文—中文的導覽員服務嗎？

Non, mais nous‿avons le guide audio en chinois, si vous voulez.

[nɔ̃, mɛ nu zavɔ̃ lə gid odjo ɑ̃ ʃinwa, si vu vule]

沒有，但是我們有中文的語音導覽，如果您想要的話。

Et le tarif du guide audio est‿à combien?

[e lə taʀif dy gid odjo ɛ ta kɔ̃bjɛ̃]

語音導覽的費用是多少呢？

C'est gratuit.

[sɛ gʀatɥi]

是免費的。

Génial! je veux bien.

[ʒenjal! ʒə vø bjɛ̃]

太棒了！這樣我要了。

Pour commencer, appuyez sur le bouton 2.

[puʀ kɔmɑ̃se, apɥije syʀ lə butɔ̃ dø]

要開始導覽的話，就按按鍵 2。

Après la visite, vous pouvez laisser le guide audio à mes collègues.

[apʀɛ la vizit, vu puve lese lə gid odjo a me kɔlɛg]

參觀結束後，您可以把導覽機交給我的同事們。

D'accord merci.

[dakɔʀ mɛʀsi]

好的謝謝。

Bonne visite.

[bɔn vizit]

參觀愉快。

詢問參觀方向 Demander le sens de visite

▶ MP3-61

Excusez-moi, j'aimerais revenir au début de l'exposition.

[ɛkskyze-mwa, ʒɛmʀɛ ʀəvəniʀ o deby də lɛkspozisjɔ̃]

不好意思，我想要回到參觀的起點。

Ce n'est pas possible, madame. La visite se fait en sens unique.

[sə nɛ pa pɔsibl, madam. la vizit sə fɛ ɑ̃ sɑ̃s ynik]

這是不可能的，女士。參觀路線只能往前走。

Ah bon, mais pour retrouver mes amis, comment je fais?

[ɑ bɔ̃, mɛ puʀ ʀətʀuve me zami, kɔmɑ̃ ʒə fɛ]

是喔，那我要怎麼樣才跟我的朋友們會合？

Tout ce que vous pouvez faire, c'est de les‿attendre à la sortie.

[tu sə kə vu puve fɛʀ, sɛ də le zatɑ̃dʀ a la sɔʀti]

您可以做的就是到出口等他們。

D'accord, mais il n'y a qu'une sortie?

[dakɔʀ, mɛ il nja kyn sɔʀti]

好，但是出口只有一個嗎？

Oui, il n'y a qu'une sortie, vous‿êtes sûre de les retrouver là-bas.

[wi, il nja kyn sɔrti, vu zɛt syr də le rətruve la-bɑ]

是的，只有一個出口，您一定會在那裡找到他們的。

Très bien, merci pour l'information.

[trɛ bjɛ̃, mɛrsi pur lɛ̃fɔrmasjɔ̃]

好的，謝謝您的告知。

De rien.

[də rjɛ̃]

不客氣。

PART 2

Chapitre6
購物篇
Shopping

尋找商品 Chercher un produit

▶ MP3-62

Bonjour, vous‿avez cette robe en taille 38?

[bɔ̃ʒuʀ, vu zave sɛt ʀɔb ɑ̃ taj tʀɑ̃t-ɥit]

您好，請問您有這件洋裝 38 號嗎？

Oui, Je vais vous la chercher.

[wi, ʒə vɛ vu la ʃɛʀʃe]

有的，我去幫您拿。

Qu'est-ce que vous‿en pensez?

[kɛ-s kə vu zɑ̃ pɑ̃se]

您覺得怎麼樣？

Cette robe vous va très bien.

[sɛt ʀɔb vu va tʀɛ bjɛ̃]

這件洋裝很適合您。

Pour les chaussures, vous‿avez ce modèle en rouge?

[puʀ le ʃosyʀ, vu zave sə mɔdɛl ɑ̃ ʀuʒ]

鞋子的話，您有紅色的這款鞋嗎？

Oui, quelle est votre pointure?

[wi, kɛl ɛ vɔtʀ pwɛ̃tyʀ]

有的，您穿幾號鞋？

37.
[tʀɑ̃t-sɛt]
37 號。

Les voilà, vous voulez les‿essayer?
[le vwala, vu vule le zeseje]
在這裡，您要試試嗎？

Oui… C'est‿un peu serré, peut-être une pointure au-dessus.
[wi… sɛ tɛ̃ pø sɛʀe, pø-tɛtʀ yn pwɛ̃tyʀ o dəsy]
好……有點緊，可能要拿大一號的。

Pas de problème, je vais les chercher.
[pa də pʀɔblɛm, ʒə vɛ le ʃɛʀʃe]
沒問題，我去幫您拿。

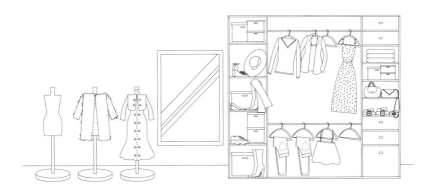

打折促銷 Les soldes

▶ MP3-63

Bonjour madame, je peux vous_aider?

[bɔ̃ʒuʀ madam, ʒə pø vu zede]

您好女士，我可以幫您嗎？

Non, ça ira, je jete un coup d'œil d'abord.

[nɔ̃, sa iʀa, ʒə ʒɛt ɛ̃ ku dœj dabɔʀ]

不用，我可以自己來，我先看看。

Nous faisons des promotions en ce moment, il y a des réductions sur tous les_articles.

[nu fəzɔ̃ de pʀɔmɔsjɔ̃ ɑ̃ sə mɔmɑ̃, i lja de ʀedyksjɔ̃ syʀ tu le zaʀtikl]

我們現在有促銷，所有的商品都有折扣。

Intéressant… J'aime bien ce pull.

[ɛ̃teʀesɑ̃… ʒɛm bjɛ̃ sə pyl]

有意思……我喜歡這件毛衣。

Il est_à moitier prix.

[i lɛ ta mwatje pʀi]

這件只要半價。

Très bien, je vais le prendre.

[tʀɛ bjɛ̃, ʒə ve lə pʀɑ̃dʀ]

太好了，我要這件。

Je vous le mets à la caisse, vous pouvez continuer à regarder.

[ʒə vu lə mɛ a la kɛs, vu puve kɔ̃tinɥe a ʁəgaʁde]

我幫您把它放在櫃檯，您可以繼續看看選購。

Merci.

[mɛʁsi]

謝謝。

Pour les‿accessoires, ils sont en promotion aussi?

[puʁ le zakseswaʁ, il sɔ̃ ɑ̃ pʁɔmɔsjɔ̃ osi]

飾品的話，也在做促銷嗎？

Oui, tous les‿articles.

[wi, tu le zaʁtikl]

是的，所有的商品。

商店退稅 Détaxe au magasin

▶ MP3-64

Bonjour, où est-ce qu'on peut faire la détaxe?

[bɔ̃ʒuʀ, u ɛ-s kɔ̃ pø fɛʀ la detaks]

您好，請問哪裡可以辦退稅？

Il faut aller au deuxième étage dans le bureau de détaxe.

[il fo ale o døzjɛm etaʒ dɑ̃ lə byʀo də detaks]

要到二樓的退稅處。

Merci.

[mɛʀsi]

謝謝。

Avez-vous tous les tickets d'achat?

[ave-vu tu le tikɛ daʃa]

請問您有購物的收據嗎？

Oui, ils sont là.

[wi, il sɔ̃ la]

有的，都在這裡。

Votre passeport s'il vous plaît.

[vɔtʀ paspɔʀ sil vu plɛ]

您的護照，麻煩您。

Tenez.
[təne]
在這裡。

Vous voulez vous faire rembourser en‿espèce ou par carte de crédit?
[vu vule vu fɛʀ ʀɑ̃buʀse ɑ̃ nɛspɛs u paʀ kaʀt də kʀedi]
您想要現金退稅還是信用卡退稅？

En‿espèce.
[ɑ̃ nɛspɛs]
現金退稅。

...

Voilà c'est fait. Le jour où vous partez de France, vous‿allez présenter ces bordereaux à la douane de l'aéroport.
[vwala sɛ fɛ. lə ʒuʀ u vu paʀte də fʀɑ̃s, vu zale pʀezɑ̃te se bɔʀdəʀo a la dwan də laeʀɔpɔʀ]
好了，完成了。您離開法國的那一天，您再把這些退稅單交給海關就可以了。

D'accord, merci.
[dakɔʀ, mɛʀsi]
好的，謝謝。

更換商品 Changer des produits

▶ MP3-65

Bonjour, je voudrais changer cette jupe.

[bɔ̃ʒuʀ, ʒə vudʀɛ ʃɑ̃ʒe sɛt ʒyp]

您好，我想要更換這件裙子。

Pourquoi voulez-vous la changer?

[puʀkwa vule-vu la ʃɑ̃ʒe]

為什麼您要更換？

Il y a un petit trou sur le côté, vous voyez là.

[i lja ɛ̃ pəti tʀu syʀ lə kote, vu vwaje la]

因為裙子旁邊有一個小洞，您看在這裡。

D'accord, je vois.

[dakɔʀ, ʒə vwa]

好的，我知道了。

Quand‿est-ce que vous l'avez acheté?

[kɑ̃ tɛ-s kə vu lave aʃte]

您什麼時候買了這件裙子的？

Il y a 3 jours.

[i lja tʀwɑ ʒuʀ]

3 天前。

Très bien, vous‿êtes encore dans le délai pour changer les produits.

[tʀɛ bjɛ̃, vu zɛt ɑ̃kɔʀ dɑ̃ lə delɛ puʀ ʃɑ̃ʒe le pʀɔdɥi]

好的，您還在更換商品的期限內。

Vous‿avez le ticket d'achat?

[vu zave lə tikɛ daʃa]

你有收據嗎？

Oui, le voilà.

[wi, lə vwala]

有的，在這裡。

Parfait, je vais vous‿en donner une nouvelle.

[paʀfɛ, ʒə ve vu zɑ̃ dɔne yn nuvɛl]

很好，我換一件新的給您。

Merci.

[mɛʀsi]

謝謝。

05

▶ MP3-66

Bonjour, auriez-vous des cartes prépayées avec internet?

[bɔ̃ʒuʀ, oʀje-vu de kaʀt pʀepeje avɛk ɛ̃tɛʀnɛt]

您好，請問您們有沒有附網路的預付卡？

Oui, nous‿avons 3 forfaits, 10 euros, 15 euros et 20 euros.

[wi, nu zavɔ̃ tʀwɑ fɔʀfɛ, di zøʀo, kɛ̃ zøʀo e vɛ̃ øʀo]

有的，我們有 3 種方案：10 歐元，15 歐元和 20 歐元。

Quelle est la différence?

[kɛ lɛ la difeʀɑ̃s]

這之間有什麼差別？

La différence se base surtout sur le volume internet.

[la difeʀɑ̃s sə baz syʀtu syʀ lə vɔlym ɛ̃tɛʀnɛt]

差別在網路的頻寬。

Celui de 10 euros a 1GB, 15 euros 2GB et 20 euros 3GB.

[səlyi də di zøʀo a ɛ̃ ʒiga, kɛ̃ zøʀo a dø ʒiga e vɛ̃ øʀo a tʀwɑ ʒiga]

10 歐元的頻寬是 1GB, 15 歐元的是 2GB，20 歐元的是 3GB。

D'accord. Avec ces cartes, est-ce que je peux appeler à l'étranger.

[dakɔʀ. avɛk se kaʀt, ɛ-s kə ʒə pø aple a letʀɑ̃ʒe]

好的。用這些卡片，我可以撥打國際電話嗎？

Ah non, pour appeler à l'étranger il faut prendre une carte internationale, ça coûte 40 euros.

[ɑ nɔ̃, puʀ aple a letʀɑ̃ʒe il fo pʀɑ̃dʀ yn kaʀt ɛ̃tɛʀnasjɔnal, sa kut kaʀɑ̃t øʀo kaʀɑ̃ tøʀo]

不行，要撥打到國外必須要買國際電話卡，價格是 40 歐元。

Il y a l'internet avec cette carte internationale?

[i lja lɛ̃tɛʀnɛt avɛk sɛt kaʀt ɛ̃tɛʀnasjɔnal]

這張國際電話卡有網路嗎？

Oui, le volume internet est de 1GB.

[wi, lə vɔlym ɛ̃tɛʀnɛt ɛ də ɛ̃ ʒiga]

有的，頻寬是 1GB。

C'est valable pour combien de temps?

[sɛ valabl puʀ kɔ̃bjɛ̃ də tɑ̃]

有效的使用期限是多久？

---

15 jours à partir du jour de l'activation.

[kɛ̃z ʒuʀ a paʀtiʀ dy ʒuʀ də laktivasjɔ̃]

啓動卡片後的 15 天內都有效。

PART 2

Chapitre7

困擾篇
Les ennuis

問路 Demander son chemin

▶ MP3-67

Excusez-moi, je cherche le magasin Printemps.
[ɛkskyze-mwa, ʒə ʃɛrʃ lə magazɛ̃ prɛ̃tɑ̃]
不好意思，我在找春天百貨。

Ce n'est pas tout près. Vous‿y allez à pied?
[sə nɛ pa tu prɛ. vu zi ale a pje]
不是很近喔。你要走路去？

Oui.
[wi]
是的。

D'accord, vous‿allez prendre la rue à gauche.
[dakɔr, vu zale prɑ̃dr la ry a goʃ]
好的，您走左邊的那條路。

Ensuite, continuez jusqu'à la poste.
[ɑ̃sɥit, kɔ̃tinɥe ʒyska la pɔst]
接著，一直走到郵局。

Puis tournez à gauche, vous‿allez le voir au bout de la rue.
[pɥi turne a goʃ, vu zale lə vwar o bu də la ry]
然後右轉，您走到底就會看到它。

Ça prend combien de temps pour y arriver?
[sa pʀɑ̃ kɔ̃bjɛ̃ də tɑ̃ puʀ i aʀive]
要走多久時間才會到達？

À peu près 20 minutes de marche.
[a pø pʀɛ vɛ̃ minyt də maʀʃ]
大概走 20 分鐘。

D'accord, merci.
[dakɔʀ, mɛʀsi]
好的，謝謝。

Je vous‿en prie.
[ʒə vu zɑ̃ pʀi]
不用客氣。

▶ MP3-68

Bonjour mademoiselle, vous‿êtes très jolie!

[bɔ̃ʒuʀ madmwazɛl, vu zɛt tʀɛ ʒɔli]

您好小姐，您很漂亮！

Merci.

[mɛʀsi]

謝謝。

Excusez-moi de vous déranger, voulez-vous prendre un café avec moi?

[ɛkskyze-mwa də vu deʀɑ̃ʒe, vule-vu pʀɑ̃dʀ ɛ̃ kafe avɛk mwa]

不好意思打擾您，您願意和我喝杯咖啡嗎？

C'est gentil de votre part, mais je ne peux pas.

[sɛ ʒɑ̃ti də vɔtʀ paʀ, mɛ ʒə nə pø pa]

您人真好，不過我不行。

Pourquoi?

[puʀkwa]

為什麼？

Je suis pressée, j'ai un train à prendre.

[ʒə sɥi pʀese, ʒe ɛ̃ tʀɛ̃ a pʀɑ̃dʀ]

我趕時間，我要去搭火車。

Sinon pourriez-vous me donner votre numéro de téléphone?

[sinɔ̃ puʁje-vu mə dɔne vɔtʁ nymeʁo də telefɔn]

要不然您可以給我您的電話號碼嗎？

Oui, mais je n'ai que le numéro de Taïwan.

[wi, mɛ ʒə nɛ kə lə nymeʁo də taiwan]

可以的，但是我只有臺灣的電話號碼。

Je n'ai pas de numéro en France.

[ʒə nɛ pa də nymeʁo ã fʁãs]

我沒有法國的電話。

Ah, ça va être compliqué.

[ɑ, sa va ɛtʁ kɔ̃plike]

啊，這樣就麻煩了。

Eh oui!

[e wi]

沒錯！

找廁所 Chercher les toilettes

▶ MP3-69

Excusez-moi, vous savez où sont les toilettes publiques?

[ɛkskyze-mwa, vu save u sɔ̃ le twalɛt pyblik]

不好意思，請問您知道哪裡有公共廁所嗎？

Ah, si je me souviens bien, vous pouvez les trouver dans le coin là-bas.

[ɑ, si ʒə mə suvjɛ̃ bjɛ̃, vu puve le tʀuve dɑ̃ lə kwɛ̃ labɑ]

啊，如果我記得沒錯的話，您可以在那個角落找到。

Merci.

[mɛʀsi]

謝謝。

Si vous ne trouvez pas les toilettes, je vous conseille d'aller dans‿un café.

[si vu nə tʀuve pa le twalɛt, ʒə vu kɔ̃sej dale dɑ̃ zɛ̃ kafe]

如果找不到廁所的話，我建議您到咖啡館去。

On peut demander les toilettes dans‿un café?

[ɔ̃ pø dəmɑ̃de le twalɛt dɑ̃ zɛ̃ kafe]

我們可以到咖啡館要廁所？

Vous pouvez toujours essayer, sinon vous prenez un café et vous pouvez profiter des toilettes.
[vu puve tuʒuʀ eseje, sinɔ̃ vu pʀəne ɛ̃ kafe e vu puve pʀɔfite de twalɛt]
您總是可以試試看，不然的話，您可以點一杯咖啡然後順便去上廁所。

 Effectivement, vous‿avez raison.
[efɛktivmɑ̃, vu zave ʀɛzɔ̃]
沒錯，您說的有道理。

 Oui, en plus, c'est plus pratique.
[wi, ɑ̃ ply, sɛ ply pʀatik]
對啊，而且，這樣也方便多了。

04

看病 Consulter un médecin

Bonjour monsieur, qu'est-ce qui ne va pas?
[bɔ̃ʒuʀ məsjø, kɛ-s ki nə va pa]
先生您好，您怎麼了？

J'ai mal à la tête depuis 2 jours.
[ʒe mal a la tɛt dəpɥi dø ʒuʀ]
我的頭痛了 2 天了。

D'accord, je vais prendre votre tension... elle est normale.
[dakɔʀ, ʒə ve pʀɑ̃dʀ vɔtʀ tɑ̃sjɔn ɛl ɛ nɔʀmal]
好的，我量量您的血壓……很正常。

Vous‿avez le nez qui coule?
[vu zave lə ne ki kul]
您會流鼻水嗎？

Oui, un peu.
[wi, ɛ̃ pø]
會的，一點點。

Vous‿êtes en contact avec des personnes malades?
[vu zɛt ɑ̃ kɔ̃takt avɛk de pɛʀsɔn malad]
您有跟生病的人接觸嗎？

Une de mes colocataires a la grippe.
[yn də me kɔlɔkatɛʀ a la gʀip]
我的一位室友得了流感。

Bon, vous‿avez un rhume.
[bɔ̃, vu zave ɛ̃ ʀym]
嗯，你感冒了。

Je vais vous donner un cachet contre le mal de tête.
[ʒə vɛ vu dɔne ɛ̃ kaʃɛ kɔ̃tʀ lə mal də tɛt]
我開一份治頭痛的藥給你。

Merci beaucoup docteur.
[mɛʀsi boku dɔktœʀ]
醫生謝謝您。

Il faut surtout se reposer et boire beaucoup d'eau.
[il fo syʀtu sə ʀəpoze e bwaʀ boku do]
最重要的是要好好休息，而且要多喝水。

D'accord.
[dakɔʀ]
好的。

▶ MP3-71

Bonjour madame, qu'est-ce qui s'est passé?

[bɔ̃ʒuʀ madam, kɛ-s ki sɛ pase]

女士您好，發生什麼事了？

On m'a volé mon iphone.

[ɔ̃ ma vɔle mɔ̃ ajfɔn]

有人偷了我的蘋果手機了。

Où?

[u]

在哪裡？

Dans le magasin H&M des Champs-Elysée.

[dɑ̃ lə magazɛ̃ aʃ e ɛm de ʃɑ̃p-zelize]

在香榭里舍大道上的 H&M 店裡。

Quand?

[kɑ̃]

什麼時候？

Ce matin, vers midi.

[sə matɛ̃, vɛʀ midi]

今天早上，大約中午時刻。

C'est un iphone combien? 5 ou 6?

[sɛ tɛ̃ ajfɔn kɔ̃bjɛ̃ sɛ̃k u sis]

是一個怎麼樣的蘋果手機？第 5 代或是第 6 代？

Un iphone 5.

[ɛ̃ ajfɔn sɛ̃k]

是一台蘋果第 5 代手機。

Vous‿avez votre passeport?

[vu zave vɔtʀ paspɔʀ]

您有帶護照嗎？

Oui, tenez. Est-ce que c'est possible de le retrouver?

[wi, təne. ɛ-s kə sɛ pɔsibl də lə ʀətʀuve]

有的，在這裡。請問有可能找回嗎？

Euh, c'est possible, mais il y a très peu de chance....

[ø, sɛ pɔsibl, mɛ i lja tʀɛ pø də ʃɑ̃s]

有可能，但是機率很小……。

Part3
旅遊指南

PART 3

Chapitre1
法國的地理位置
Géographie de la
France

法國位於西歐，三面臨海，領土分為法國本土與海外離島。首都為巴黎（Paris）。法國本土目前共有 18 個大區，有 13 大區位在法國本土，其餘 5 大區則為在海外，分別是瓜德羅普（Guadeloupe）、蓋亞那（Guyane）、馬丁尼克（Mutinique）、留尼旺（La Réunion）及馬約特（Mayotte）。

　　法國本土為六角形，所以法國人也常用六角形（Hexagane）一詞代替法國。

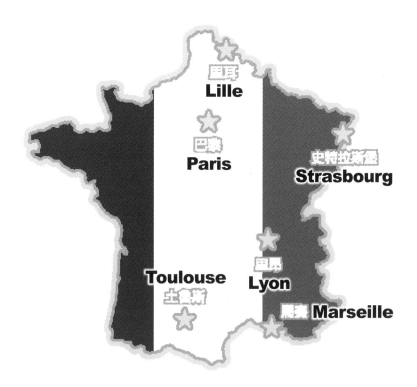

巴黎共分為 20 區，由中心內往外順時鐘方向，用數字（1-20）來劃分區域。

1. 巴黎景點圖

2. 附上巴黎地鐵圖

　　如果需要其他城市的地圖可直接到當地的觀光局（Office de tourisme）索取，部分索取時需要付費。為響應環保運動，大部分的旅遊資訊都可以直接上該城市的觀光局網站下載地圖或是旅遊手冊，建議多加利用。

PART 3

Chapitre2
法國生活
La vie en France

1. 吃在法國

　　法國人的一餐通常由湯（potage）、生菜（salade），或前菜（entrée）、主菜（plat）、乳酪（fromage）、點心（dessert）等幾道菜搭配而成。

　　而法國美食享譽國際，由於巴黎是國際都市，各國餐廳林立。一般餐廳的消費價格從 20 歐元到 50 歐元不等，通常餐點的費用都已經包含服務費了，用餐完畢不需要另外留下小費，但是如果服務真的很好，建議可以留下 1 ～ 5 歐元的小費。小費最好以 0.5 歐元，1 歐元或是 2 歐元的硬幣呈現，切勿掏出口袋中的所有零錢以清空身上的硬幣作為考量！

2. 穿在法國

　　法國國情與文化對於服飾穿著沒有特殊要求。在冬季由於嚴寒也常下雪，到法國前需準備保暖及禦寒衣物。法國人穿衣的色系通常採低調色彩，夏天通常為清爽的淡色系為主，例如：白色，淡藍色，米色；冬天則以深色系為主，如：黑色，灰色，咖啡色。出門在外，建議衣著以當地色彩為主，避免引人注意，招引歹徒非分之想。

3. 住在法國

　　法國觀光旅遊業發達，大都市旅館林立，一般普通旅館（單人房）價格從 85 歐元元至 150 歐元不等，三星級旅館價格則從 120 歐元至 200 歐元不等，且因地區及規模而有差異。來法旅遊前請務必先訂妥旅館（可透過旅行社或上網路查詢）。

　　除了旅館之外，還有民宿套房或雅房（Chambre d'hôte）、鄉村民宅（Gîte rural）、一般民宅（Logement en location）、另類住宿（Hébergement insolite），甚至有免費的住宅交換（Échange de logement）的系統。而 Air B&B 的住宿方式，其實就是民宿套雅房的概念。這類深入當地生活的住宿，通常價格比較便宜，可以使用廚房，不過缺點是沒有可以扛行李的挑夫，而且住家備有電梯的機率不高，如果進住此類民宅，要有自己扛行李的心理準備哦！

4. 行在法國

（1）法國主要大眾運輸工具：地鐵、公車、火車、飛機。

（2）巴黎附近可使用之大眾運輸工具：公車、地鐵、RER（連接巴黎及郊區之火車）及輕軌電車（Tramway）。

（3）大眾運輸工具營運時間：

· 地鐵第一班車為早上 5：30，最後一班為午夜 00：40。

· 公車營運時間在早上 7：00 至晚上 8：30 不等，某些公車營運至 00：30。

· 電車營運時間為清晨 5：00 至晚間 11：40。

（4）各地大城市販賣的單程交通票，在指定的時間內（通常 75 分鐘內），可重複進出或搭乘公車。如果搭乘交通工具的次數多，可考慮購買 1 日或是多日的同行票比較划算。

（5）巴黎的主要國際機場有 CDG 戴高樂機場（Aéroport Paris-Charles-de-Gaulle，又稱：華西機場 Roissy）和 Orly 奧利機場。連結市區的大眾運輸有機場市區公車（Navette），或是郊區火車（RER B ─藍線）。如果行李多，建議請飯店或是住宿點的主人幫忙聯絡包車服務。

（6）計程車：

· 通常以跳表計算，起跳價視地區而異（如巴黎為 2.6 歐元），收費有白天和夜間時段的差別。

· 建議先告知司機地點，請司機提供約略的價格作為參考。

· 一輛計程車依法規定最多只能搭載 4 位客人，而且上車需繫安全帶。

5. 水電

　　水電一般供給狀況正常。自來水可生飲，惟法國地區普遍石灰質較高，一般人有飲用礦泉水習慣。電壓規格為 220 伏特，使用帶地線之圓形插頭，倘欲使用臺灣之家電應先備妥變壓器及插座。

6. 一般物價

　　除高級名貴品牌物品較昂貴外，一般民生物資價格也偏高。巴黎與其他大城是購物者的天堂，各式物品應有盡有，不虞匱乏，但是物價也相對地較郊區或鄉下昂貴。

7. 文化及娛樂

（1）法國人極重視文化活動，各地每年除藝術節或音樂節活動外，其他各式之文化活動（展覽、電影、歌劇、音樂會及戲劇）琳瑯滿目，可依個人喜好選擇欣賞。各個城市鄉鎮都有自己的市政府或是觀光局網站，定期提供最新的文化與活動訊息，有些可免費參加，建議前往瀏覽。

（2）法國之歷史悠久，各省皆有其風景名勝及特色，多不勝數。如果有意參觀許多古蹟，可以在名勝古蹟的購票櫃檯或是觀光局購買通行票券（如：museum pass 或是 city pass）較為划算。購買時需注意想參觀的名勝古蹟是否在通行票券的使用範圍內，以免花了冤枉錢。

PART 3

Chapitre3
實用資訊
Informations
pratiques

1. 入境法國的簽證服務

持臺灣護照，且護照載有其身分證字號者，如欲前往歐洲至一個至多個申根協議簽署國觀光、探親或洽商，時間少於 90 天，不需申請簽證。

2. 駐法國台北代表處

Bureau de Représentation de Taipei en France

地址： 78, rue de l'Université 75007 Paris, France

電話：（33-1）44398830

傳真：（33-1）44398871

電子郵件：fra@mofa.gov.tw

網址：https://www.roc-taiwan.org/fr/index.html

24 小時急難救助行動電話：（33）680074994

法國境內請直撥：06.80.07.49.94

旅外國人全球急難救助免付費專線：800-0885-0885

受理領務申請案件時間：週一～週五（法國國定假日除外）

09：30 ～ 12：30、13：30 ～ 16：00

3. 如何打電話回臺灣

	國際冠碼	臺灣國碼	區域號碼	用戶電話號碼
	001 或 009	886	2	1234-5678
打到市內電話	001 或 009	＋886	撥打時要刪掉區域號碼前的0，例如北市就是2。	＋1234-5678
打到手機	001 或 009	＋886	若是手機號碼，也要刪掉前面的0。例如0912-123456，就試撥打912-123456。	

4. 法國—臺北航空公司

　　直飛的航空公司僅長榮航空，自 2022 年 11 月起從原來的每週 4 ～ 5 個航班增為 7 個航班，每週一～週日各 1 個航班自巴黎飛往臺北，隔日由臺北飛巴黎，飛行時間約 11 ～ 12 小時。其他飛法國—臺北的航空公司也不少，例如：國泰、法航、泰航、華航、新航等，通常有 1 至 2 轉機點。

5. 幣值

　　法國的幣制自 2002 年 7 月 1 日起，歐元（€：euro）成為歐盟 20 國歐元區統一使用之貨幣，法郎於 2002 年 2 月 17 日停止流通。

　　歐元對臺幣，近一兩年來的幣值大約維持在 1：30 到 1：35 之間。每家銀行的匯率並不一樣，在機場換錢通常較不划算。

　　臺灣銀行目前以臺幣換歐元通常不需要手續費，建議可以在臺灣換好歐元再出國。在法國（歐洲）臺幣現鈔是無法兌換歐元的，請注意！如果真的急需換錢，可以信用卡方式兌換歐元現金，但是需支付昂貴的手續費。

　　如果不想攜帶過多現金可以以刷卡方式消費，或是向銀行申請開通卡片國外提款機領歐元現鈔的功能。

　　歐元計有 5、10、20、50、100、200、500 元等 7 種紙幣，以 100 歐元以下的幣值最為流通。一般店面商家都還肯收 100 歐元的紙鈔，但是小販或一般餐廳通常不願意收，兌換幣值時要記得換一些小鈔。

PART 3

Chapitre4

法國節慶
Les fêtes en France

	節日	日期	習俗
新年	Jour de l'An	1月1日	以象徵幸福的植物：槲寄生，裝飾住家。午夜時互擁並互相祝福「新年快樂 Bonne Année」 直吃到夜。
主顯節	Épiphanie	新年後的第一個星期天	一起分享藏有象徵幸運小瓷偶的國王餅 Galettes des Rois，吃到小瓷偶的人可以帶上皇冠，要求實現一個願望。
光明節	Chandeleur	2月2日	享用法式薄餅 Crêpes。如果想要引來財富，當天將薄餅由鍋中往上擲翻面時，左手必須握一個硬幣。
情人節	Saint Valentin	2月14日	送愛人花朵。
懺悔節	Mardi Gras	復活節前的40天	化妝嘉年華會 Carnaval，並品嚐法式薄餅 Crêpes。
愚人節	1er Aril	4月1日	開玩笑，惡作劇之日。被作弄的人如果真的上當受騙時，人們會大喊：Poisson d'avril（四月魚）
復活節	Pâques	4月22～25日	小孩在家裡或花園裡尋找父母們準備的巧克力蛋。
勞工節	Fête du Travail	5月1日	人們互送鈴蘭 Muguet。工會在這一天會舉辦遊行，象徵勞工的同心協力。

	節日	日期	習俗
勝利節	Victoire 1945	5 月 8 日	第二次大戰結束的紀念日。在凱旋門下的無名士兵的墓與各地的亡者紀念碑擺上花束。
耶穌升天日	Ascension	復活節後的 40 天 星期四	各地舉辦彌散。
母親節	Fête des Mères	5 月的最後一個星期天	小孩送母親禮物。
父親節	Fête des Pères	6 月的第三個星期天	小孩送父親禮物。
音樂節	Fête de la musique	6 月 21 日	全國大街小巷都有音樂會。每個人都可以在街上，廣場上隨意舉辦自己的音樂會。
國慶日	Fête Nationale	7 月 14 日	巴黎的國慶閱兵 Défilés militaires 及各地的煙火秀 Feu d'artifice。
聖母升天日	Assomption	8 月 15 日	各地有遊行活動，舉辦大型舞會和煙火秀慶祝。
諸聖節	Toussaint	11 月 1 日	緬懷先人的節日。11 月 2 日造訪墓園，並在先人的墳墓上放上菊花。

	節日	日期	習俗
停戰日	Armistice de 1918	11 月 11 日	第一次大戰結束的紀念日。在凱旋門下的無名士兵的墓與各地的亡者紀念碑擺上化束
聖誕節	Noël	12 月 25 日	家族性的節日。 家中裝飾聖誕樹 Sapin de Noël。 小孩會收到由聖誕老人 Père Noël 送的禮物。 24 日晚上教堂的彌撒延續到午夜。

重要節日的用語：

耶誕節快樂：JOYEUX NOËL!

新年快樂：BONNE ANNÉE!

佳節愉快：BONNE FÊTE! 或是 JOYEUSE FÊTE!

附錄

一、法語基本概念

在開始學習發音前，先介紹幾個法語的基本的文法概念，讓您在學習發音的同時，也能輕易地理解書中提供的範例與會話。

讓我們從法語的簡單句型（主詞＋動詞＋受詞）著手，一步步地劃出法語的大致輪廓。

概念 1：主詞

法文	je	tu	il	elle	on
中文	我	你	他	她	我們（口語）
法文	nous	vous	ils	elles	
中文	我們	你們 您 您們	他們	她們	

概念 2：動詞

動詞的變化和主詞有分不開的關係。je、tu、nous、vous 各有各的變化，然而，il / elle / on 的變化相同，而 ils / elles 的變化相同。

種類	動詞結尾	特性
第一類	以 ER 結尾	規則動詞（去 er，再依主詞加上字尾變化）。 以「parler」（說）現在陳述式為例： je parle tu parles il / elle / on parle nous parlons vous parlez ils / elles parlent
第二類	以 IR 結尾	規則動詞（去 ir，再依主詞加上字尾變化）。 以「finir」（結束）現在陳述式為例： je finis tu finis il / elle / on finit nous finissons vous finissez ils / elles finissent
第三類	不屬於 ER 和 IR 結尾的動詞	不規則動詞，沒有特定明顯的規則，許多常用的動詞多屬這類。 以「avoir」（有）現在陳述式為例： j'ai tu as il / elle / on_a nous_avons vous_avez ils / elles_ont

概念 3：受詞

　　簡單可歸類為：形容詞和名詞（包括冠詞）。精確的法語，
不僅主詞有陰陽性之分，形容詞和名詞也有陰陽性之別。

形容詞的陰陽性變化，主要有 2 種：

中文	陽性形容詞	陰性形容詞	特性
小的	petit	petite	陽性形容詞＋e＝ 陰性形容詞
快樂	heureux	heureuse	陽性形容詞 x 結尾， 去 x 再＋se＝陰性形容詞

名詞的陰陽性變化，主要有 3 種：

中文	陽性名詞	陰性名詞	特性
學生	étudiant	étudiante	陽性名詞＋e＝陰性名詞
售貨員	vendeur	vendeuse	陽性名詞 r 結尾， 去 r 再＋se＝陰性名詞
演員	acteur	actrice	陽性名詞 teur 結尾， 去 eur 再＋rice＝陰性名詞

概念 4：法文的冠詞

　　依據指定或不指定分成：定冠詞和不定冠詞。配合使用的名詞（人、事、物）的陰陽性決定。

不定冠詞（不指定）

	陽性	陰性	中文
單數	un	une	一個
複數	des	des	一些

例如：

une table（一張桌子）、un livre（一本書）。

des tables（一些桌子）、des livres（一些書）

冠詞（指定）

	陽性	陰性	中文
單數	le	la	那個
複數	les	les	那些

例如：

la table（那張桌子）、le livre（那本書）。

les tables（那些桌子）、les livres（那些書）。

附錄

二、法語發音

　　法語的字母共有 26 個字母，透過組合以及聲調符號的使用，延伸出來的標準音標共 36 個，但是隨著時代的演進，法語的音標漸漸地簡化為 34 個音，分為：14 個母音、3 個半母音、17 個子音。雖然每個音的字母拼法組合，少則 5 種，最多 56 種，但是每個音最常見的拼法大約 5 種，而本書提供的字彙，也正是在生活中常用的字彙、常見的拼法型態。

　　為了讓法語的發音學習能夠在短時間內有最好的成效，本書採用音標系統，每個音標對應一個法語的字母，方便對照學習。而字彙搭配音標，對於發音的拼讀有很大的幫助。最後，配合每個字彙延伸出來的句子，讓您深入法語的句子結構和旋律之美。

　　接下來簡略介紹法語的音標：

14 個母音　　　　　　　　　　　　　　　　　▶ MP3-72

音標寫法	發音	常見拼法
[a]	同注音ㄚ。	papa 爸爸、femme 女人、pâte 麵團、à 地方介系詞
[e]	類似注音ㄟ，介於 [i] 和 [ɛ]，嘴型扁長，微笑狀。	bébé 嬰兒、chanter 唱歌、les 複數定冠詞、pied 腳

音標寫法	發音	常見拼法
[ɛ]	類似注音ㄝ，嘴巴張大。	père 父親、faire 做、être 是、mettre 放置
[i]	同注音ㄧ。	merci 謝謝、île 島嶼、haïr 恨、cycle 循環
[y]	同注音ㄩ。	rue 路、sûr 確定、eu 過去分詞、bus 公車
[u]	同注音ㄨ。	pour 為了、où 哪裡、goût 味道、foot 足球
[ø]	類似注音ㄜ，但是又輕又短。	peu 少、bleu 藍色、eux 他們（受詞）、Europe 歐洲
[ə]	同注音ㄜ。	le 陽性單數定冠詞、me 我（受詞）、dessus 在上方、regarder 看
[œ]	類似注音ㄜ，但是音重且長。	heure 點鐘、œuf 蛋、sœur 姐妹、docteur 醫生
[o]	同注音ㄡ。	beau 帥、dos 背、haut 高的、côte 岸邊
[ɔ]	同注音ㄛ，嘴型較 [o] 大。	alors 那麼、fort 厲害、donner 給予、maximum 最大
[ɛ̃]	鼻母音，嘴型微笑，類似注音ㄤ ˋ。	vin 酒、bain 泡澡、rien 什麼都沒有、brun 棕髮、faim 餓、plein 滿
[ɑ̃]	鼻母音，嘴巴張大，類似注ㄨㄥ ˋ。	vent 風、français 法語、chambre 房間、client 顧客
[ɔ̃]	鼻母音，嘴巴只留一個小口，類似蜜蜂「嗡嗡」聲。	mon 我的、pont 橋、ombre 陰影

您也可以參照「母音發音簡圖」配合音檔一起練習，透過嘴型和唇形的變化，就更能掌握母音的發音訣竅！

母音發音簡圖

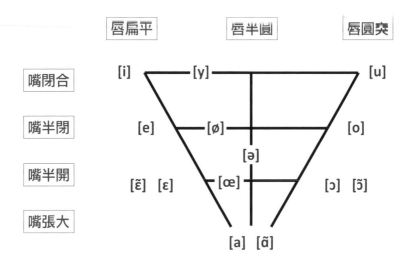

3 個半母音 ▶ MP3-73

　　半母音因前面或後面緊接著一個母音，因此音長較一般母音短。

音標寫法	發音	常見拼法
[j]	在字首，發 [i] 但是音短。 在字尾，發 [i]＋很輕的 [ə]。	hier 昨天、yeux 雙眼、 travail 工作、fille 女孩
[ɥ]	發 [y] 但是音短。	huit 八、fruit 水果、 lui 他、nuage 雲
[w]	發 [u] 但是音短。	moi 我、jouer 玩、 oui 是的、loin 遠

17 個子音 ▶ MP3-74

音標寫法	發音	常見拼法
[p]	類似注音ㄆ， 感受到空氣排出。	papa 爸爸、pour 為了、 place 位子
[b]	類似注音ㄅ， 感受到聲帶振動。	bus 公車、bien 好、 robe 洋裝
[t]	類似注音ㄊ， 感受到空氣排出。	table 桌子、thé 茶、 baguette 長棍
[d]	類似注音ㄉ， 感受到聲帶振動。	demain 明天、 idée 點子、mode 模式
[f]	類似注音ㄈ， 感受到空氣排出。	neuf 九、facile 簡單、 typhon 颱風
[v]	類似注音ㄈ， 感受到聲帶振動。	vin 酒、voilà 在這裡、 rêve 夢

附錄

音標寫法	發音	常見拼法
[s]	類似注音ㄙ。	six 六、russe 俄羅斯人、ici 這裡、leçon 課
[z]	類似「茲」，聲帶要振動	zéro 零、seize 十六、poison 毒藥
[k]	類似注音ㄎ。	café 咖啡、quand 何時、kilo 公斤
[g]	類似注音ㄍ，聲帶要振動。	gâteau 蛋糕、grand 高大的、bague 戒指
[m]	類似注音ㄇ。	maman 媽媽、aimer 愛、femme 女人
[n]	類似注音ㄋ。	nord 北方、anniversaire 生日、chinois 中國人
[l]	類似注音ㄌ。	lit 床、belle 美、mal 糟
[R]	類似「喝」，像漱口由舌後發出的振動音。	riz 米、amour 愛情、maire 市長
[ʒ]	類似「具」，但是音短。	joli 漂亮、géant 巨大的、rouge 紅色
[ʃ]	類似「噓」。	chocolat 巧克力、riche 富有、acheter 買
[ɲ]	類似「涅」，但是音短。	champagne 香檳、Espagne 西班牙

法語的 26 個字母

▶ MP3-75

學完了法語的 34 個音標，現在您也可以看著音標讀出法語的字母。

對法國人而言，音標是不存在的系統，因為他們從小就是看著字母讀出可能會發出的音，也就是所謂的自然發音。所以現在就跟著音檔，一起跟著法籍老師唸唸看吧！

大寫	小寫	讀法	可能發的音
A	a	[a]	[a]
B	b	[be]	[b]
C	c	[se]	[s] 或 [k]
D	d	[de]	[d]
E	e	[ə]	[ə] 或 [ɛ]
F	f	[ɛf]	[f]
G	g	[ʒe]	[ʒ] 或 [g]
H	h	[aʃ]	不發音
I	i	[i]	[i]
J	j	[ʒi]	[ʒ]
K	k	[ka]	[k]
L	l	[ɛl]	[l]
M	m	[ɛm]	[m]
N	n	[ɛn]	[n]
O	o	[o]	[o] 或 [ɔ]
P	p	[pe]	[p]
Q	q	[ky]	[k]

大寫	小寫	讀法	可能發的音
R	r	[ɛʀ]	[ʀ]
S	s	[ɛs]	[s]
T	t	[te]	[t]
U	u	[y]	[y]
V	v	[ve]	[v]
W	w	[dublve]	[w]
X	x	[iks]	[s] 或 [ks] 或 [gz]
Y	y	[igrɛk]	[i]
Z	z	[zɛd]	[z]

＊注意

1）法語中的字母 H／h，在法語字彙中本身是不發音的。

2）c ＋ a／o／u 發 [k]，c ＋ e／i 發 [s]。

3）g ＋ a／o／u 發 [g]，g ＋ e／i 發 [3]。

4）x 字尾發 [s]，在字首或字中或 [ks] 或 [gz]

三、法語的變音符號

　　法語的 26 個字母產生的音，在不敷實際應用的情況下，而發展出了音調符號，只要在字母加上這些變音符號，就能夠產生特定的音，增加發音的多樣性。變音符號除了有指定發音的功能之外，還有區分同音異字的作用。

　　法語的變音符號共有 5 種：「accent aigu」（左下撇）、「accent grave」（右下撇）、「accent circonflexe」（尖帽子）、「tréma」（上兩點）、「cédille」（掛尾巴）。很有趣的符號，趕快學起來！

1. Accent aigu 左下撇（尖音符）

- 只出現在「é」，發音為 [e]，例如：「été」（夏天）、「éléphant」（大象）

2. Accent grave 右下撇（重音符）

- 出現在「è / à / ù」。
- è 發音為 [ɛ]，例如：「mère」（母親）、「près」（父親）。
- à 發音與 a 相同，右下撇符號用來區分同音異字的字，例如：「la」（單數陰性定冠詞）、「là」（這個／這裡）。
- ù 發音與 u 相同，右下撇符號用來區分同音異字的字，例如：「ou」（或者）、「où」（哪裡）。

附錄

3. Accent circonflexe 尖帽子

· 出現在「â / ê / î / ô / û」，音長較長。

· ê 發音為 [ɛ]，音稍微拉長，例如：「tête」（頭）、「forêt」（森林）。

· â 發音與 a 相同，音稍微拉長，例如：「grâce」（恩寵）、「château」（城堡）。

· î 發音與 i 相同，音稍微拉長，例如：「île」（島嶼）、「boîte」（盒子）。

· ô 發音與 o 相同，音稍微拉長，例如：「nôtre」（我們的）、「hôpital」（醫院）。

· û 發音與 u 相同，音稍微拉長，例如：「sûr」（確定）、「mûre」（桑椹）。

4. Tréma 上兩點

· 出現在「ï / ë」，該母音必須單獨發一個音節。

· ï 發音與 i 相同，例如：「naïve」（天真的）、「égoïste」（自私的）。

· ë 發音為 [ɛ]，例如：「Noël」（聖誕節）、「Israël」（以色列）。

Cédille 掛尾巴

· 只出現在「ç」，發音為 [s]，例如：「ça」（這個）、「garçon」（男孩）。

四、法語的連音

　　在法語的字彙中，大部分字尾以子音結尾的字彙都不發音。但是，如果這些原本不發音的子音（d / m / n / s / t / x / z），後面緊接著一個母音開頭的字彙，此時，原本不發音的子音就必須發音並與後面緊接的母音結合成一個音節，讓句子有連貫性，這個特性就是所謂的「連音」（liaison）。也因為這項特點，使得法語唸起來擁有獨特的旋律美。

　　以下幾個情況下必須要連音：

1. 名詞詞組（形容詞＋名詞）

例如：

deux‿euros 　　[dø zœro] 兩歐元

un‿examen 　　[ɛ̃ nɛgzamɛ̃] 一個考試

2. 動詞詞組（代名詞主詞 on / nous / vous / ils / elles ＋動詞為母音開頭的字彙）

例如：

On‿a un sac. [ɔ̃ na ɛ̃ sak] 我們有一個包包。（on 是 nous 的口語用法）

Nous‿avons un sac. [nu zavɔ̃ ɛ̃ sak] 我們有一個包包。

Ils‿ont un sac. [il zɔ̃ ɛ̃ sak] 他們有一個包包。

附錄

3. 動詞 est（être 的單數第三人稱變化）之後接母音開頭的字彙

例如：

C'est‿une jolie fille. ［sɛ tyn ʒɔli fij］ 那是一個漂亮的女孩。

Il‿est‿arrive. ［i lɛ taʀive］ 他到了。

4. 短副詞（單音節的副詞）之後

例如：

bien‿amuse ［bjɛ̃ namyze］ 玩得盡興

dans‿un bus ［dɑ̃ zɛ̃ bys］ 在一輛公車上

chez‿eux ［ʃe zœ］ 他們家

5. 疑問詞 Quand

例如：

Quand‿est-ce qu'il vient? ［kɑ̃ tɛ s kil vjɛ̃］ 他什麼時候來？

Quand‿il viendra. ［kɑ̃ til vjɛ̃dʀa］ 當他來的時候。

6. 既定用法

例如：

avant-hier ［avɑ̃ tiɛʀ］ 前天

c'est-à-dire ［sɛ ta diʀ］ 也就是說

plus‿ou moins ［ply zu mwɛ̃］ 或多或少

＊連音時必須注意的變音

1）[s] 變為 [z]。

2）[d] 變為 [t]。

3）[f] 變為 [v]。

國家圖書館出版品預行編目資料

旅遊法語一本搞定！/ Mandy HSIEH、
Christophe LEMIEUX-BOUDON 合著
-- 修訂初版 -- 臺北市：瑞蘭國際 , 2024.12
200 面；14.8 × 21 公分 --（外語達人系列；33）
ISBN：978-626-7473-98-6（平裝）
1. CST：法語 2. CST：旅遊 3.CST：會話

804.588   113017828

外語達人系列 33

旅遊法語一本搞定！

作者｜ Mandy HSIEH、Christophe LEMIEUX-BOUDON
責任編輯｜潘治婷、王愿琦
校對｜ Mandy HSIEH、潘治婷、王愿琦

法語錄音｜ Christophe LEMIEUX-BOUDON、Stéphanie VITRY
錄音室｜采漾錄音製作有限公司
封面設計、版型設計｜劉麗雪
內文排版｜陳如琪

瑞蘭國際出版

董事長｜張暖彗 · 社長兼總編輯｜王愿琦
編輯部
副總編輯｜葉仲芸 · 主編｜潘治婷
設計部主任｜陳如琪
業務部
經理｜楊米琪 · 主任｜林湲洵 · 組長｜張毓庭

出版社｜瑞蘭國際有限公司 · 地址｜台北市大安區安和路一段 104 號 7 樓之一
電話｜ (02)2700-4625 · 傳真｜ (02)2700-4622 · 訂購專線｜ (02)2700-4625
劃撥帳號｜ 19914152 瑞蘭國際有限公司
瑞蘭國際網路書城｜ www.genki-japan.com.tw

法律顧問｜海灣國際法律事務所　呂錦峯律師

總經銷｜聯合發行股份有限公司 · 電話｜ (02)2917-8022、2917-8042
傳真｜ (02)2915-6275、2915-7212 · 印刷｜科億印刷股份有限公司
出版日期｜ 2024 年 12 月初版 1 刷 · 定價｜ 450 元 · ISBN｜ 978-626-7473-98-6